ARNO SCHMIDT

# Krakatau

ERZÄHLUNGEN



MIT EINEM NACHWORT VON
HEINRICH VORMWEG

PHILIPP RECLAM JUN. STUTTGART

Auswahl: Heinz Schöffler

Universal-Bibliothek Nr. 9754
Die Erzählung »Kühe in Halbtrauer« stammt aus dem gleichnamigen Band © 1964 Stahlberg Verlag GmbH. Karlsruhe, die übrigen Texte wurden dem Band »Trommler beim Zaren« © 1966 Stahlberg Verlag GmbH. Karlsruhe entnommen. Lizenzausgabe mit freundlicher Genehmigung der Goverts Krüger Stahlberg Verlags GmbH. Frankfurt a. M.  Gesetzt in Petit Garamond-Antiqua. Printed in Germany 1975. Herstellung: Reclam Stuttgart
ISBN 3-15-009754-1

# KÜHE IN HALBTRAUER

## 1

Früher, als junger Mensch, hab'ich mir wohl auch eingebildet, die Mienen- und Gebärden-Sprache sei von Liebenden erfunden worden – so ‹ Nachbarskinder ›, von ‹ harten Eltern › vorsichtshalber auf Armlänge auseinander gehalten; (obschon mir dunkel schwante, daß die sich nach & nach nachdenkliche Sachen telegrafiert, gewinkt, hinundhergezeigt haben würden; a-part a-part.) Später dacht'ich, es könnten kluge Diebe gewesen sein, nachts, in behelfsmäßig erleuchteten Juwelierläden; oder auch abhörgerätumstellte Politiker, in den Sieben Bergen, ruhend auf Rasengrund, zur Koalition bereit. Heute weiß ich, daß es zwei ältere Männer an der Kreissäge gewesen sein müssen; nach ungefähr 40 Minuten.

## 2

: » Komm; unser Morgen sei weiß ! « . Otje lud mit erkünstelter Rüstigkeit zum Milchfrühstück; und wir, obwohl es erst das zweite seiner Art war, betrachteten die Gläser mit der perlmutternen Flüssigkeit so zögernd . . . . . (‹ Im Freien › noch zusätzlich : hinten ein schütterer Wald, (in dem es aber tapfer zwizerte); vorn kurios dürre Büsche; dann Graben-Geradheit in Grüne.) / Fern u-bootete eine lange Limousine durch Getreidemeere. – » So früh ? « : »'n Jäger vielleicht,« proponierte Otje lustlos. Ich griff gleich zum Fernrohr, das, armlang, immer neben uns zu liegen hatte, (Städtebewohner eben; die jede Krähe für 1 Naturschauspiel ästimieren); und spähte streng hindurch : – – Wolkeniglus überall, (vermutlich standen uns weitere ‹ gewittrige Schauer › bevor). Am Hintern schmerzte das feinsinnige ‹ Birkenbänkchen › . . . . : » Ah-Ha ! « . Denn eben spaltete sich drüben lautlos die glatt-bunte Blechwand, und gebar einen ganzen Wurf farbi-

ger Schnitterinnen. » Was ? : Schnitterinnen ? ! « ; jetzt heischte er sein Teleskop. – » Die Gelbe – « hörte ich ihn nach einiger Zeit murmeln; (auch mir war die Dicke gleich aufgefallen; ‹ Nachbarskinder › ; auf 300 Meter Entfernung.)
Denn wer sich kein Haus kaufen kann – und Wer vermag das schon; es sei denn, er wäre kühn wie Cäsar im Schuldenmachen; überdem wird man, nach begangener Tat, ja sofort steuerlich bestraft, wegen ‹ Vermögensbildung › : neenee; fleißig & sparsam sein ist Bei-Uns völlig fehl am Platz ! – der mietet sich 1 Barädkchen in der Heide. »Auf 99 Jahre; wie weiland Kiau-Tschou.« Schon winkte Otje ab; er wußte zur Genüge, wo ich das Licht der Welt undsoweiter; ( je nun, mein Vater war zufällig Sergeant dort gewesen; und ich, mit 2 Jahren, ganz gutbürgerlich, wieder brav nach Germanien übergesiedelt. Beziehungsweise worden. Trotzdem hatte ich doch wohl ein organisches Verhältnis zum Reich der Mitte; und ein Recht – oder war es eine Pflicht ? – im Du Halde zu blättern. Auch schöne Erfolge bei Damen, früher; wenn ich im Gespräch einflechten konnte, daß ich eigentlich Chinese sei. )
Folglich hatten wir gemeinsam, für Uns & unsre Frauen, ( erfreulich-kinderlos verheiratet; aber das bedeutete wiederum mehr Steuern : ich sag'ja, wer sich Bei-Uns, verantwortungsbewußt, aufpaßt, ist immer der Dumme ! ), 2 hannoversche Morgen in diesem Sinne dauergepachtet. Für einen Spottpreis übrigens, da es sich um ‹ Ödland › handelte – Bauern verstehen ja nichts von Natur & deren Schönheit. Ich hatte noch zusätzlich 50 Mark pro Jahr dazugelegt, unter der Bedingung, daß ‹ die Kulisse › nicht verändert werden dürfte; (die würden sich noch mal wundern, die Herren Landwirte, was sie, die ganze ‹ Realgemeinde ›, damit so unterschrieben hatten ! Der Advokat hatte, bei der Verlesung des betreffenden Paragrafen, auch verkniffen gelächelt, und sich langsam die Spinnenfinger gerieben.) / Dann also das Hüttlein drauf, 4 mal 6; ( ‹ second-hand ›; auch hatte es zuvor entwanzt werden müssen; man merkte aber nichts mehr). / Und nun hieß es eben ‹ wohnlich machen ›; eine

Aufgabe, die hauptsächlich uns Männern obzuliegen schien; die Damen hatten lediglich auf einem Birkenbänkchen ‹ bestanden ›, und ein paar Tannenzapfen gesammelt – wir hatten nämlich, unter anderem, auch vor, ein paar Winterwochen bei lodernden knispernden knackend-knallenden Feuern zu verbringen : allein der Einbau des erforderlichen ‹ Kamins › hatte, ( obwohl vom Dorfmaurer ‹ schwarz › durchgeführt : die 40-Stundenwoche ist ja nichts für einen denkenden Menschen; und für einen Nicht-Denkenden muß sie platterdings unerträglich sein ! ) ein kleines Vermögen gekostet. / Ob aber der Hag seines Lohnes wert war ? – Otje hatte billig 200 alte Militär-Bettstellen gekauft; und wir daraus die benötigte Anzahl eiserner Zaunpfähle ‹ gewonnen ›, einfach aber geschmacklos. ( Und die Erinnerungen ‹ Militär › und ‹ Bettstellen › hatten wir noch gratis : jede einzelne davon hätte genügt, uns Halb-Greise bis an unser Lebensende zu beschäftigen ! ) .

Und wir ergo, ganz ‹ im Zuge der Aktion ›, jetzt hier, um das erforderliche Holz zu ‹ machen ›. (Die Damen noch in Hannover; die kamen, mit einer Taxe voller Kissen & Dekken, vorsichtshalber erst nach 3 Tagen : » Die ‹ opfern › ja mit nichten ihre Mädchennamen; nee : nehm'm uns-unsre weg ! « . Otje, wütend; aber Recht hatte er.) / Mittagessen diese 3 Tage beim Gastwirt; meist ‹ Zarte Leber ›, auf Reis mit Tomatenfarbenem. Pro Tag 9–50 für uns Zwei; (einerseits teuer bei der sehenswürdigkeitslosen Gegend. Aber wenn sie reizvoller wäre, wär'sie wiederum längst überlaufen, und gar keine ‹ Oase › mehr; was ja aasig gesund sein soll. Also eher merkwürdig klug von dem Wirt-hier, diese 9–50.) / Nach dem Essen das wanken wollende Gleichgewicht etwas aufs Feldbett legen – 4 der oben erwähnten, je 2 übereinander, hatten wir aufgestellt. Erstaunlich wie Jeder von uns, schier synchron, unmittelbar nach 14 Uhr, auf einmal dem Anderen mitteilte : der Arzt habe ihm täglich mindestens 1 Stunde Dösen verschrieben. (Ab & zu zum Andern hinüber blinzen; kontrollieren, ob dessen Augen auch derb geschlossen sind, und männiglich sich im erquickenden Heilschlaf befindet : ? Nuschön; befinden wir uns. Soweit ist die Fantasie, unberufen, noch intakt, daß man 60 Minuten hinter'nander die Augen zulassen und 1 Gedankenspiel anstellen kann. Manche schreien immer gleich auf : » Eingesperrt ? ! Oh das muß furchtbar sein; das ertrüg ich keine 3 Tage ! « : können demnach keine großen Geister sein, (vorausgesetzt, daß sie wirklich so denken; was man nie weiß); da wäre man in der Kriegsgefangenschaft weit gekommen, mit solchen läppischen Maximen ! ) . / Und dann eben, kurz nach 15 Uhr, ‹ erwachen ›. Und, leuchtend-erholten Blicks, die Schultern bewegen.

Rasch 'n paar Postkarten versenden; auch Kurzbriefe ( selbst der Dorfkrämer hier hatte bereits ‹ Stücklens Verdruß › feil : dies neue, ganz dünne-zähe Briefpapier, von dem 14 Seiten DIN A 4 auf den 20-Gramm-Brief gehen : wie soll man sonst wohl mit den periodischen Portoerhöhungen Schritt halten ? Neenee; 's ganz richtig so. Obwohl die Ansichtspostkarten anscheinend noch aus den zwanziger Jahren stammten – so sah's im ganzen Ort doch nirgendwo mehr aus ! ) . Und an die neidischen Kollegen im Werk adressieren : ‹ Gruß . › ; und ‹ Gruß ! › . Hier, dem Bachmeyer zusätzlich noch 'ne Spritze verpassen . . . . . mmm-ä : ‹ Es gibt ja *zu schöne* Fleckchen Erde ! › : » Unterschreib ma mit, Otje . «

3

Die Stämme ließen wir natürlich anfahren. Ebenso die Eisenbahnschwellen, ( irgend ein ‹ Bahnkörper › in der Nähe wurde gerade erneuert; und wir, allzeit attent, wie es guten Kaufleuten wohl ansteht, hatten uns flugs eingeschaltet : *massiv Eiche* ! ) . Die Damen freilich hatten sich eingebildet, wir würden die nötigen Hügelketten von Scheitern irgendwie ‹ sammeln ›, fällen herbeiwälzen mit der Hand sägen; dann, siegfriedig am ganzen Leibe, am Hackklotz stehen, breitbeinig, den Bihänder weit rückwärts über die Schulter gezogen, ‹ Notungs Trümmer zertrotzt er mir nicht ! › . (Und die

zahllosen Ergebnisse anschließend noch ‹ schlichten ›, und in entzückend ländliche ‹ Feimen › aufbauen, daß Einem gleich ganz eichhörnchen- und holzwurmmäßig im Gemüt würde. Auch sollten wir, ‹ nebenbei-mit ›, einige Hüte voller Kastanien & Eicheln zusammentragen – SIE gedachten ‹ Futterstellen › anzulegen, ‹ HELFT DEN ARMEN VÖGELN IM WINTER ›. )
Die Verhandlungen mit den Bauern bezüglich des Transportes waren gar nicht so einfach gewesen – sie Alle hatten auf einmal angeblich ‹ mit der Ernte › zu tun gehabt; ( obwohl wir uns vorher genau erkundigt hatten, wann & wo man was fächset : alles lediglich Schwindel, preisdrückerischer ! ). Als sie erkennen mußten, daß das gute Baare nun gleich ins Nachbardorf abfließen würde, nahmen sie auch relativ rasch Vernunftähnliches an. / Also die Stämme stapelten hoch und schwarz, die Schwellen höher & noch-schwärzer. Auch ‹ Wurzelholz › lagerte im Geländ', tatzig, von Menschen nimmermehr zu zerkleinernd – da selbst Otje, total frappiert ob der bestialischen Formen, vom ‹ grafischen Element im Winter › gefaselt hatte, enthielt ich mich, jeglicher Überstimmung gewiß, des hier zuständigen Ausdrucks : mit *der* Nervenkraft kann man Besseres anfangen. Noch bedeckte ein ‹ abgebrochener › Feldschuppen den Boden; Bretter, Latten, Ständer; alles, ( wie hätte HOMER sich sehr richtig ausgedrückt ? ) ‹ reichgenagelt › : » Sag bloß davon nichts dem Sägenbesitzer ! «
Denn die Beschaffung der Kreissäge hatte erneut die ländliche Menschheit at its worst gezeigt ! / Erst, leeren Blicks, endlose Rübenfelder durchschreiten; Kartoffeln (Marke ‹ SASKIA › : sic ! ) Lupinen Graminosen; alles Dinge, wovon man den Teufel etwas verstand, (eigentlich abscheulich. Die Unwissenheit, mein'ich.) Mit wütend-flachen Händen die Bremsen an sich breitklatschen : Arme, Bauch, Brust, » Ach-Scheiß ‹ frisches Oberhemd › ! «, (die Hoden kloppt man sich noch platt wegen den Mistviechern ! Na egal; taugten ohnehin nich mehr viel.) / Einziger Trost : dann & wann hinter die Weg-begleitende Hecke treten. Dort jedoch, statt seiner, das

Fläschchen mit KIRSCH ziehen : ~ . ~ . . . . : ! : sofort wurde's heller; sofort lagen die trefflichst gesprenkelten Steine in ganzen Wällen da, alle Farben tolle Muster; diese Bauern wußten wahrlich nicht, was sie besaßen. ( Thema für Farbfilm-Amateure : ‹ FEUERSTEINE 61 UND EINIGE IHRER ZEITGENOSSEN ›. So'ne Liebhaberei sollte man sich tatsächlich zulegen : 'ne gute Spiegelreflex-Kamera; mit Vorsatzlinse. 'n Projektor hinge freilich auch noch dran; also rund Tausend, hm hm. Allerdings setzte das eine Gegend voraus, wo's von Feuersteinen wimmelt. : Aber da waren wir ja; oder ? ) . Und bloß nicht den Namen dieses Nachbardorfes einprägen; jetzt noch nicht; mit 55 muß man das Gedächtnis für's Notwendigste reservieren. / Farbelos & grau der Mechanikus. Unangenehm langes Gesicht, (ein sogenanntes ‹ sachliches ›; das ist : wie Gay-Lussac & Fischer-Tropsch zusammen – das lernen die ja schon in der Aufbauschule. Wir aber auch jeder Zoll 1 inch.) Und als in Otjes Brieftasche, auf schwarzsamtigem Wildleder, der Fächer von 6 Hundertmarkscheinen sichtbar wurde, widerstand Tropsch nicht länger : er versprach, mit unnötigem Handschlag, Säge und 300 Meter Starkstromkabel für übermorgen-Freitag. / Und wieder zurück über sehr sandige Wege. Die dicke-fette Landluft inhalieren. Kühe in Halbtrauer; zwischen ‹ Porst › und verdorrten Sumpf-Birken. ( Gegen Abend gab es an 1 gewissen Stelle, gar nicht so weit von uns, wieder jene Nebeldecke, aus der eine kohlschwarze Stier-Stirn lautlos auf Einen losfuhr : ! . ( Und nachher doch auch ‹ sounds › wie bei THOREAU's; brrr ! ) . ) .
: » Wollen wir noch mal kurz in's Gasthaus ? « .

4

: Das Leben des Menschen ist kurz; wer sich betrinken will, hat keine Zeit zu verlieren ! / Und die Abende in ‹ ZIEBIG's Gasthof › waren ja gar nicht unlebhaft. (Wir am Ecktisch für

die vornehmen Personen; dem einzigen, der etwas wie 'ne Decke drauf hatte. Und Bier & seriöse Stumpen.)
Holen Knechtlein sich ‹ Zie-eretten ›. Pralle Dorfmädchen stampfen keck nach Flaschenbier herein. (Desgleichen geplagte Eheweiber; schlampig-schürzig, mit tiefliegendem Metazentrum, wüste Zitzen mit buntem Zitz überspannt.) / Im Fernseher das Bild irgendeines ‹ hamburger Hafens ›; endlos lange; (mal seh'n, wer's länger aushält : alle Minuten 1 Mal bösartig hinüber lächeln . . . . . ). Dann beginnt's aber schon gefällig, das graublaue Geflimmere; regt tausend Gelenke zugleich; und die Maschine gibt die bekannten ‹ halben Wahrheiten › von sich. : Wer ein schwarz eingebundenes Buch ‹ schwarz › nennt, ist im FREIEN WESTEN ein ausgesprochen ehrlicher Kerl. (Wer ‹ rot › behauptete, wäre 1 Lügner, klar.) Was aber ist Derjenige, der uns ständig einzureden versucht : es sei ‹ nicht-grün › ? ! / Lächelte & florierte also Bonn. Bei ‹ Burr-Gieba & Bie-serrta › war anscheinend noch keine Sprachregelung erfolgt. (Ist ja auch nicht ganz einfach : Wer in diesem speziellen Fall für ‹ die Freiheit › ist, verdirbt's mit ‹ de Gohl ›; und umgekehrt.) ‹ Gagga-rien › kurz & leichtverächtlich behandelt; (dafür desto ausgiebiger der neueste, prompt wieder zu 50 % verunglückte, amerikanische ‹ Ecks-Plohrer ›.) Hie evangelisch-halkyonische Laien-Kirchentage; wenn man auf die unerwünschte Taste drückt, blüht sofort die Kolchose und duftet der Komsomolz : ‹ Em Barras de rieche Se ›.
Und immerfort das Gemurmle der Herren Landwirte. / Manches vielleicht gar nicht dumm; ( obwohl sie natürlich andauernd her guckten, wie wir unser Bier verzehrten : vom ‹ Grünen Plan › verstanden sie ungefähr so viel, wie EINSTEIN von der Atombombe; nämlich einerseits sehr viel, andererseits überhaupt nichts ! ) . / Zufällig sich ergebende Lokalinformationen zum Teil recht interessant : daß die auffällige, klein-runde Schanze hinten im Sumpf, ihre Entstehung dem einzigen (wohl versehentlichen) Luftminen-Abwurf des Krieges verdankte. Plus Details : wie damals Gras & Buschwerk ‹ im Umkreis wie rasiert › gewesen war. Rehe

mit ‹ rausgerissenen Lungen › sollten dekorativ dagelegen haben; ( und die entsprechenden, kannibalisch-breitziehenden Handbewegungen dazu : das hab'ich im Kriege bei *Menschen* mehrfach gesehen, amigo ! Du kannst noch nicht weit gereist sein ! ) . Der Eine beteuerte sogar, er habe das Dings, nachts gegen 1 Uhr, an seinem Dachkammerfenster vorbeirauschen sehenhören – da der, gleichfalls anwesende, Ortsbulle uns an dieser Stelle überdeutlich (und unnötig vertraulich) zublinzelte, ja, -zwinkerte, wußten wir, daß die Mitteilungen des Betreffenden jetzt & künftig mit Vorsicht aufzunehmen seien. (So war es auch : 2 Gläser weiter behauptete er schon, mit ‹ dem Bruder KARL MAY's zur See gefahren › zu sein. – » Hat der überhaupt Geschwister gehabt ? « ; Otje wußte es nicht . ) / » Diese Hula-Reifen – « dozierte ein hochgradig Untersetzter seinem Nebenmännlein hin (dessen Gesicht sich einer, für seinen Stand ganz ungehörigen, kritischen Unterlippe erfreute) : » – die verführen zu Bewegungen des Beckens . . . ! : Die Kleine von Thieß'ens-nebenan . . . . . : ? – : Zum Wohl ! « . » Zum Wohl – « erwiderte das Nebenmännlein buchstabengetreu (und ihre Augen glinzten wie die Scheiben von Puffs in der Dämm'rung).
Einiges zum bevorstehenden ‹ 20. Juli › : da hatte *der* ‹ Staatsmann › einen unverbindlichen Vortrag gehalten; (à la ‹ nichtgrün ›, siehe oben). Und *Jener*, der Klügere, schweigend ‹ 1 Kranz niedergelegt ›. *Der* das ‹ Nachdenken des Soldaten › gepriesen; ( der nächste Redner dieses freilich sogleich präzisiert : für den Fall einer ‹ unsittlichen Obrigkeit › ! Sogar 1 General sollte, mit gewissen Einschränkungen, für's Nachdenken gewesen sein – da hätte BEN AKIBA doch wohl mal Augen gemacht . ) / Und gesegnet sei der Musikautomat, dem man bloß 10 Pfennig in die Seite preßt, und schon kommt aus dem Schlitz ‹ HOCH-HEIDECKSBURG › raus; (oder auch, man hat da angeblich die Wahl, ‹ ONWARD, CHRISTIAN SOLDIERS ! › – der Unterschied ist zur Zeit ja auch nur mit bewaffnetem Ohre hörbar.) / Bei einem anderen, noch bunteren Gerät drehte dann & wann 1 Kühner roulettierend an 3 Knöpfen : auch hier sollte man, theoretisch, falls man

‹ Glück › hatte, oh Glück oh Glück, etwas gewinnen können. (Merkwürdig ungewordne Nation : fleißig & stillfriedlich arbeiten mochte bei uns kaum noch Jemand; die wollten Allealle bloß irgendwie ‹ gewinnen ›, Toto Lotto Kwiss & Krieg, wobei man ja notorisch nur verlieren kann – ‹ Wahrscheinlichkeitsrechnung › nennt sich die betreffende Wissenschaft.) / Da waren, traun, die Mitteilungen über die Potenz der Dorfhure noch interessanter. ( Frage : ob man sich die glühende Zuneigung der eigenen Gattin wohl dadurch wieder zu erobern vermöchte, daß man ihr, morgens, 1 Rose in die Badewanne legt ? Vielleicht würde sie ja gleich mit 1 kleinen ASBACH erwidern. Oder ihn gar nackt kredenzen . . . ? : » Otje ! « . Und auch er nickte schwer und langsam; und stellte sich's vor – liebenswürdige greise Träumer wir, alleBeide. Aber : » Anschreien bei Tage ergibt Impotenz bei Nacht. « Ja; sicher. Gewiß . ) / Und zwischendurch schimpfte die Kunststoffkiste schwer auf ‹ den Osten ›. Man legte *mehr* Kränze nieder. ( Und nicht Einer hatte für ‹ Kasernen › ‹ Soldatenställe › gesagt – zugegeben; wir kannten lediglich die der Hitlerzeit; die-heute sollten freilich, ich hatte es erst jüngst wieder in der SPD-Presse gelesen, ganz anders sein, und gar nicht zu vergleichen. Immerhin hatte mich ‹ Das Reich › 70 Monate, gleich 2000 beste Tage, meines Lebens gekostet – zum Ausgleich hatte ich mein gesamtes Hab & Gut, bis auf 1 abgebrochenen Aluminiumlöffel, verloren : nicht daß ich irgendwie darauf stolz wäre, au contraire; aber falls ‹ Andersdenkende › gar so flink mit ihrem ‹ Meckerer › bei der Hand sein sollten ! ) / » Prost, Otje ! « : » Proos-Carloß ! « .

Die Stimmung der Fast-Vierfüßler wurde ausgelassener. / Der Altbauer (mit silbernem Haupt und goldenem Schnurrbart; mit wollenem Leib und ledernen Füßen – und ‹ *Altbauer* › : was die sich gegenseitig so für Titel erfinden ! ) nahm einen Messerstiel in den, noch leidlich festen, Mund; stellte 1 Schnapsgläschen auf die Klinge : – ! – : – und balancierte es so quer durch die Gaststube – : » Braawoo ! « . ( Auch er ‹ gewann › dafür sogleich wieder etwas : was'n

Volk ! ) . / Der Tagelöhner, in schlappem fahlem Leinenanzug, kriegte noch 1 letztes Glas Fusel eingeplumpt; und machte dann den ‹ Preußischen Parademarsch von 1910 › vor: ‹ Da-Búffa Búffa Búffa Búff ! › – Bei dem Anblick winkten wir doch lieber den Wirt herbei; zahlten kompliziert; und gingen. (Noch lange vernahmen wir hinter uns eyn schön new liet : ‹ Ü berDei neHö henfeift derWinnt. Sokallt. › )

5

Und heut um 9, ich erwähnte es wohl bereits, sollte nun besagte-gemietete Säge erscheinen. / Wir waren, vorsichtshalber, um 6 aufgestanden. Hatten ‹ weiß › gefrühstückt, (um, sportlich trainiert, sämtliche Kräfte beisammen zu haben). Und warteten nun eben – Tropsch ließ uns den Begriff der ‹ Ewigkeit › baß kennen lernen ! / Griffen wir also dann & wann zum Sehrohr, und spähten den fernen Schnitterinnen unter die Röcke. Erkiesten uns Jeder Eine; führten sie in die betreffende ‹ Fichtenlaube ›; und taten ihr dies & das, vor allem das. (Natürlich nur noch in der Fantasie; wir hatten schließlich allerhand zu sägen – wenn ich mir so diese grauen, zernagelten Bretter besah . . . . . ) . / Warum verzog Otje sich ständig hinter's ‹ HAUS › – wir hatten vereinbart, das Dings so zu nennen – und murmelte währenddessen was von ‹ Ma sehn ob er kommt › ? Da war doch nichts als Wald : von da her erschien Tropsch doch bestimmt nicht. Kam zurück. Und roch, wie wenn er ‹ fündig › geworden wäre; ( gleich anzüglich schnüffeln : hff-hff. – Freilich; die Morgenluft *war* rauh. Hm. ) / Gespräch über die ‹ Wechseljahre der Frauen › : » Sollte man nicht auch das genaue Gegenteil erwarten können ? « ; ( nämlich, daß sie besser ‹ ließen › : sicherer freier weniger prüde würden ? Schade um all die freislichen Hüften, mit Zubehör; alles noch fast wie neu . ) / » Halb Neun erst. «
Anderes Thema : » Meinst Du, wir könnten Schwierigkeiten haben ? Wenn wir heute, so nahe dem 20. Juli, sägen ? « .

Und ich, nach keinem Zögern : » Achwas ! Einmal mitten-hier im Walde. Und überdem : wann sonst hätten wir denn wohl Zeit zu sowas ? Neenee; da soll uns Einer komm'm ! « . (Und 'ne merkwürdige Ecke ist das ja : heute früh lag hinten, mitten im Waldgras – wo gestern Abend noch nichts gewesen war ! – eine Kugel von einem Fuß Durchmesser. Gelb; pampig-schuppig; als Otje mit'm Stock darauf schlug, wuppte es büchsen, und stieß dann eine flache, matt-gift-grüne Rundum-Staubwolke aus : » 'n Bovist ! – Jung sollen sie eßbar sein.« Aber Otje, massiv-verächtlich : » ‹ Eßbar › bist letzten Endes auch-Du. – Falls De nich zu sehr nach Bock schmeckst.«

6

: » Da ! « –
Gay-Lussac erschien mit seinem beräderten Apparat. / : » Na endlich ! « (Weil der Kerl noch zu murmeln wagte ! Während ich seine Pferdefratze so betrachtete, entstand in mir tief-innen irgendwie der Wunsch nach ‹ Sauerbraten › & Kartoffelklößen ‹ auf thüringische Art › – was man denkt, ist tatsächlich völlig irrelevant : » Gib ihm'n Stump'm, Carlos . « : » Du so'ss mich nich immer ‹ Carlos › nenn'n ! « ) .
Der-hier also zum einschalten. / Das der Knopp, falls mal der Stamm zu dick sein sollte; die Säge stecken bleibt, und die Sicherung raus springt; bong. / Dies die Kipp-Führung. / : » Und ja nich durch Nägel durchsägen ! – Oder gar – « ( und wie mißbilligend der Houynym auf unser scharmantes Wurzelholz zu blicken wagte ! ) : » – S-teine. Die sich häufich in solchn S-tubbm findn . « ( Hau schon ab, Freund ! ) . –
Allein mit dem Untier – : sollten nicht überhaupt & grundsätzlich *drei* Mann zum Sägen sein ? ! Wir sahen uns an. Versichert waren wir nicht. Gegen sowas nicht. / Die Morgenluft wurde stärker; auch bunter. Ich schob verwildert den Unterkiefer vor; schritt hinum zum Hebel; und ruckte

machtvoll – (voll Macht; voll macht schrumm) – : ? . / – –
: ? ? – / : !
: sss-SSS-SSSIII – und der naja‹ Klang › durchpfiff derart bös die feuchte Stille, der Apparat vibrierte derart heftig, daß wir doch erst erneut unsern Mut zusammennehmen mußten. / : » Erst die dünnsten Stangen, ja ? – « –
: – – . / : – – ! / : – – – : – : ! ! ! –
Ei das ging ja scharmant ! / Schon hob ich, leicht ächzend, ein gewichtigeres Rundholz auf die (ungewohnten) Unterarme – : » Vorsicht ! « – (und den Oberstschenkel mit drunter; und, keuchend, am dicken-unteren Ende ausharren. Während der Schuft, oben, den ‹ Zopf › gleichsam mühelos, ( und eingebildet lächelnd, ob ‹ seiner Kraft › was ? ! ), in Scheiben schnitt : Nu warte; wir wechseln auch mal ab ! / Sst, Sst, Sst : das waren läppisch-dünne Brettchen, no match for us ! / Es sprühte & schrillte & fiff, im treibriemigen Zug-Wind. – : » Mensch; das'ss doch noch *Eiche* ! ! « ( Denn die Eisenbahnschwellen wunderkerzten förmlich ! » Ob das aber Tropsch-Lüssack recht sein wird ? « : » Scheiß Gay-Fischer ! « ) . Meinethalben. Obwohl man unser Geschrei sicher bis über's Flüßchen vernahm – schon schienen einige Nümfm herüber zu schauen; (und *was* die eigentlich dort machten, daraus wurde man auch nicht schlau – konnte das sein, daß die den Rand des Getreidefeldes-dort sauber gerade putzten ? ) .
Ein Krach wie im Kriege ? Oh ja ! / : » Sag ma, Otje – hast Du, Deinerzeit, als Artillerist, nennenswert ‹ nachgedacht › ? « . (Mir fiel nur eben wieder dieser ‹ 20. Juli › ein. Auch kam eben ein ganzer Haufen dünner-kürzerer Stücke; wir standen ergo dicht beieinander, und konnten brüllend quatschen.) » Na ja, « erwiderte er unschlüssig; machte dilatorisch ein paar ‹ Sst-Sst › : » – aber wir hatten mal 'n Rechentruppführer dabei, der dachte ständig. Der hat mir, dann in belgischer Kriegsgefangenschaft, folgendes erzählt « : Sst-Sst ! : » Anfang April 45, im Rückzugsgebiet Oldenburg, hört er am Feldfernsprecher – ich glaub', VECHTA hieß das Nest – daß das zur ‹ Lazarettstadt › erklärt sei, und Freund

wie Feind ihre Verwundeten dort rein schafften. 1 Stunde später aber ruft auf einmal irgend'n ‹ Oberst › – der Befehlshaber des betreffenden Frontabschnitz – durch : ‹ Befehl ! : sofort 200 Schuß auf Vechta legen ! ›. Auf die Rückfrage hin, plus submissestem Bedenken, daß doch just Verwundete . . . ? heißt es, ebenso einfach wie brutal : ‹ Halten Se'n Mund ! In'ner Viertelstunde erwart' ich Vollzugsmeldung ! – : Ende ! ›. – Nu sag, Carlos : was hätt'st Du gemacht ? « . Und wandte sich tatsächlich zu mir, als wär er's selbst gewesen, dem die Anekdote passiert war. : » Paß Du lieber auf Nägel auf. – Oder überhaupt : laß mich ma ran ! « . –

Und die breite santosbraune Schwelle fachmännisch mustern – auf Eiseneinschlüsse hin; auf eingewachsenen Schotter – und schon grollte die Maschine auf, bärenhaft-gereizt; und fraß sich, schrillend & stäubend zugleich, durch die Materie : hindurch ! (Und 'ne kaptiose Frage war es natürlich; denn ‹ Befehl war seinerzeit Befehl ›. Und Verweigerung Verweigerung. / Und ich war seit eh & je 1 Feigling gewesen. Und das Alter soll zwar im allgemeinen ‹ unfehlbarer › machen, oh leck; aber zusätzlich-mutiger wohl doch nicht. Entschloß ich mich also, nach der dritten Schwelle) : » Tcha. Mir wär' sicher ‹ schlecht geworden › . « Und, da ein Blinder den verächtlichen Ausdruck auf Otje's Gesicht hätte wahrnehmen können, rasch & heftig hinzugesetzt : »Sag bloß, Du wärst hochgeschnellt; und hättest heroisch gerufen : ‹ Nie, Sie unsittliche Obristenhaftigkeit ! › . – Oder vielmehr Dein ‹ denkender Rechner › : bring Du lieber die paar letzten Schwellen ran; dann machen wir 'ne kleine Pause.«

: ? – : » 'ne Pause ! ! « kreischte ich; denn der Kerl hielt, nein reckte, mir ein derart verständnisloses Ohr her – kurze-weiße Härchen wuchsen ihm in der Fleischtute; auch das noch ! – und verzog den Mund so abscheulich fragend, daß Einem nur die arme Frau leid tun konnte, die dergleichen flämisches Antlitz allmorgendlich auf dem Kopfkissen neben sich erblicken mußte.

– Pause . – / Erst als ich mich dabei ertappte, wie ich ihm, ( der ganz merkwürdig leis' heute zu sprechen schien ! ) , angestrengt auf die Lippen schaute, wurde mir bewußt, wie auch mir die Ohren klangen, präziser wimmerten, (wenn nicht gar gellten). Und buchstäblich weh taten : ich hatte das unabweisbare Gefühl, als sei mir das linke, länger der Säge zugekehrt gewesene, leicht geschwollen, und schmerze gar nicht undeutlich : konnte das sein ? ! – / : » Nee; Der hat folgendes gemacht: 1 Minute lang mit sich gerungen. À la ‹ heroisch ablehnen › ? : wird er erschossen. ‹ Schlecht werden › ? : dann machts der nächste Stellvertreter. Neenee : keine Lösung ! / Also über die Karte gebeugt – ‹ Zeit gewinnen ›, klar – dann Koordinaten abgegriffen; den Geschützführern draußen ‹ Seite & Höhe › gegeben. Und dann, als die ‹ 200 Schuß wie befohlen › raus waren, hat er ‹ Vollzug › gemeldet . « – Witzlos; ich zuckte auch gleich abfällig die breiten Hängeschultern. Aber Otje ergänzte : » Freilich hatte er sich, wie er mir *nach der Kapitulation, vor Brüssel*, anvertraute, ‹ vermessen ›. Den Planzeiger versehentlich an eine leere Straßengabel, 500 Meter vor dem Städtchen, gelegt. Kann ja dem Besten unter uns passieren, wie ? « . Nicht schlecht. »Eichmann würde sagen : ‹ Kein Wunder, daß wir'n Krieg verloren haben ›. – Kuck mal, da drüben !«
Denn da schwankte 1 Riesengerät durch die Felder. Und wendete schnarchend. Kam gefräßig wieder in unsere Richtung her – – : » 'n Mähdrescher ! « ; Otje, fachmännisch, mit dem Kieker am unfehlbaren Auge. (Dann durfte auch ich es sehen : auf der Kommandobrücke allerlei buntes Volk. Vierschrötige Roggenmuhmen; Kerle aus Blauleinen gepustet; Säcke große-schöne-pralle-trockene-viel). – » Hübsch . « –
– : » Komm, weiter : in'ner guten Stunde treffen die Damen ein ! « . / Die langen Stämme überschwer; aber sie (die Säge) fraß sie (die Stämme) doch. Schon hielten wir, nervös, die Köpfe zur Seite vor dem Gebrälle. Schon riß sich Keiner mehr von uns um die Sägelust. (Sonnenangestrahlt 1 Hochspannungsmast. : Was röhrst Du mir tiefsinnig ins schöne Ohr ?)

Otje : » Und erst im *nächsten* Krieg ! Ich hab'ne Schwester in Görlitz : wenn ich mir vorstelle, ich kriegte den ‹ Befehl ›, auf die 200 Schuß zu ‹ legen › ? ! – : Wie gut, daß wir nicht mehr Soldat zu spielen brauchen ! Da werden sich dann täglich diverse solche häkligen Fragen ergeben . – : Kuck ma ! « (denn eben kam die Dicke-Gelbe freiwillig vorbei : gleich hoben wir die Stämme müheloser. Lächelten (obwohl's vermutlich ausgesehen haben wird, wie auf Illustrationen zum 1. Teil DANTE); und hinterher gaffen, mit verschwitzten Leidensmasken. Ich bemerkte etwas. Otje erwiderte . : ? – Wir wiesen einander die leeren Handflächen : wir hörten kein Wort mehr. / *: » WAS : IST : DENN ? ! ! «* . / Bis er endlich Gebärden zu Hülfe nahm. Die Spitzen der kleinen Finger in die Mundwinkel hakte, und ihn mehrfach-schnell damit breit zog : ! ( Auch noch zusätzlich hinter der ockern-Entschwindenden her zeigte : ! ) . – Achso. Ja; garantiert. Aber – und ich hob die linke Faust, an der ich den kleinen Finger schlapp abstehen ließ; und schnepperte mehrmals-betrübt mit dem Zeigefinger der Rechten daran : . . . . . . Und noch, überdeutlich-resigniert, den Kopf dazu schütteln : » Wir nich mehr, Otje . « – Auch er begriff; und senkte die breite Stirn schwermütig über's Sägeblatt. ( Das vielviel leiser zu werkeln schien, denn zu Anfang : vielleicht wäre ‹ taub sein › ja gar kein so großes Unglück ? ) . / Und fuhr doch auf, bei dem Todeston, als er den Baracken-Fensterrahmen klein schnitt; und, anschließend-betroffen, mir den zerteilten ‹ Stuhlwinkel › her zeigte : ! Oben drüber sein dämliches Gesicht. : » Jetzt kostet's 3 Mark mehr, Freund : es ist erreicht ! « . (Aber er verstand mich ja doch nicht. Und überhaupt ging es erfreulichst dem Ende entgegen – ich tippte mich nur noch angewidert-bezeichnend an die eigene Schläfe; machte die Gebärde des Geldzählens; ( und 3 Finger dazu heben : I I I ? ! – Er zuckte schwächlich die Achseln; und faßte's wieder mal nicht : » Laß gut sein . « ) . / Und ordentlich auf den Moment freuen, wo man in sich zusammenfallen könnte ! ) .

7

: ‹ ENDE ! ! ! › – / ( Und, alles hängen lassend, da stehen; wie benaut . ) –

8

: 1 Hand auf meiner Schulter ? ! –
Auch Otje fuhr dito herum . . . . . : Jeder stand der Seinen von Angesicht zu Angesicht gegenüber ! / Wir hatten nichts, gar-nichts, gehört . : » Ja, seid Ihr denn taub ? « ; und amüsierten sich köstlich über unsere dreckigen, ängstlich-lauschenden Gesichter. Und streichelten uns idiotisch; und nickten sich zu, über uns arme Luder.
(Schienen & blieben jedoch guter Laune; denn sie hatten unterwegs irgend'ne besondere Vogelsorte angetroffen – nach dem zu urteilen, was sie uns vor-flatterten und -schrien, »Dix-Huit : Dix-Huit !«, konnten's Kiebitze gewesen sein ? – Else kenterte beim Vormachen der Wildlederhut; sie duckte sich (wobei ihr Hintern breit wurde, wie ein Waschkessel : schön !) und fing ihn wieder – also bestimmt Kiebitze. / Wir zeigten ihnen im Fernrohr noch jene Archenoah, lautlos treibend in Roggenseen. ( Und Beide gleich, beanstandend : » Na, ‹ lautlos › ? – Das knattert doch ganz anständig . « – Wir hörten nichts, wir Beide. Legten aber indessen den Grundriß zu jenen befohlenen 2 Holzfeimen – : so etwa würde das-dann-demnächst aussehen . : » Schön . « ) . / Schnuppern – : » Sagt mal ? – : Habt Ihr was getrunken ? ! « – ( Und gleich die bekannten angewiderten Gesichter dazu geschnitten : das ist der Dank . )

## SCHLÜSSELTAUSCH

Da ist es sehr einsam, hinten an der Saar. Schluchten mit senkrechten Wänden aus triassischem Buntsandstein; haushohe Felskerle sperren den Weg, in rostroter Buschklepperrüstung, den riesigen Wackelstein als Schädel; ( ‹ da kommen Berge, auf denen sollen Leute wohnen mit Ziegenfüßen; und, wenn man hinüber ist, welche, die schlafen sechs Monate lang › – ich habe solche Stellen bei Herodot immer gerne gelesen. ( Mein erstes Epos, ‹ SATASPES › . ) )
In das schläfrige Dörfchen, in dem ich damals wohnte, war ich eben von einem Waldgang zurückgekommen; die üblichen unsichtbaren Spinneweben hatten knisternd mein bißchen Stirn überklebt, im Weiterkrümmen durch Gebüsch und Hartwuchs. Oben, zu beiden Seiten der Chaussee, stürmten die Weiden heran, Säbelbüschel über den Wirrköpfen; Wind duckte hierhin und dorthin; das Wetter schien umzuschlagen.
Dann saß ich erschöpft und zufrieden in meiner einen Stube; ziemlich möbelleer, aber ich kann zur Not den Schreibmaschinenkoffer als Kopfkissen nehmen, und mich mit der Stubentür zudecken. Außerdem denkt man besser bei wenig Geräten : mein Ideal wäre ein leeres Zimmer ohne Tür; zwei nackte Fenster, ohne Vorhänge, in deren jedem das magere Kreuz renkt – unschätzbar bei Himmelsorten wie morgens um vier; oder abends, wenn dürre rote Schlangenzungen der Sonne nachzischeln, ( schon bogen sich meine Finger dementsprechend ) .
( Noch dies zur Erklärung : ich lebe von den Revenuen meiner Schreibmaschine. Meist süße Nichtigkeiten : Zeitungsbeiträge; Plaudereien; im Großen Brehm gibt es den Begriff des ‹ Menageriebildes › – wo so zehn Tierarten zwanglos in einer paradiesischen Landschaft zusammen stehen – in der Art verfaßte ich also meine Artikelchen, ‹ Von den Gelehrten, so böse Weiber gehabet › . Wenn es hoch kam, einmal ein

seriöses Nachtprogramm, ‹ Fouqué und einige seiner Zeitgenossen ›. Kein schöner Beruf ! ) .
Also sitzen, und mit geweiteten Augen die Gedankenbeete überblicken. ( Vorn, vor mir, tickte die Taschenuhr; ich bin altmodisch, und schätze die derben Uhrenknollen, in Bergmannskapsel, an stählerner Kette ) . Die weiße Wand sah mir, wie immer, geruhsam zu; geruhsam zu, – geruhsam. Zu. – – ( Der blanke dicke Punkt im Türschloß, das war das Ende des Schlüsselstabes; sehr blank. Störend blank eigentlich; ich beschloß, ihm morgen einen Papierkreis draufzukleben . ) .
Stille. Fern auf der Feldmark lärmte ein schwächlicher Traktor. Eine Nase hatte man wie ein Schnabeltier. Und die Wand war geduldig wie nur je ein Stein; von und zum Stein. – Aber etwas stimmte hier doch nicht ! Ich zog das Gesicht zusammen : ? : Ah ! Da !
Ganz leise, nur am veränderten Blinken bemerkbar, drehte sich der blanke dicke Punkt im Türschloß. Drehte : und verschwand !
Nun schaltet es bei mir immer langsam. Ich bin meist bis zur Brust im Gedankendschungel versunken, und muß mich erst herausstemmen, die Handflächen aufgesetzt – : da war der Schlüssel weg !
Ich sprang zur Tür; ich klinkte und riß mich hindurch; den Kopf nach rechts : nichts ! Den Kopf nach links ? : war da nicht eben die Haustür ins Schloß gefallen ? ! Ich tat drei Schritte ( ich bin ein Meter fünfundachtzig und hab' lange Beine ! ) – und sah eben noch etwas Braunes drüben im Obstgarten verschwinden. Eine übermächtige Hand stieß mich ins Kreuz : hinterher !
Jagd auf Braunes : die Äste gaben mir vollen Anteil ihrer Fechterkünste, Quart, Terz, Seitensekunde. Eine fragwürdig gelbe Sonne fleckte überall.
Hetzen auf Ackerwegen. Nach hundert Metern waren wir am Felsrand, und mein Braunes stürzte sich kopfüber in Haselbüsche. Ich kollerte eine Wand hinunter; machte alle Gelenke weich – meingott, die Geschwindigkeit nahm immer

noch zu ! – wurde durchs Rinnsal gewälzt, an einen Kiefernstamm geklebt; und richtete mich breitarmig auf : es rutschte oberhalb; die Gebüsche schlugen wilder um sich; ich duckte mich, und fing den großen braunen Ball mit dem ganzen Körper auf; dran ein Mädchengesicht mit sandigem Kopf : so hielten wir uns eine zeitlang, und atmeten erst einmal aus.
Sitzen nebeneinander. » Ja, ich hab' ihn. « gestand sie keuchend von meinem Schlüssel. Wind stöhnte überrascht einmal auf; dann wieder vorgewitterhafte Stille : mittelgroß; dünne Beine; abwesendes Gesicht. » Ich sammle nämlich Schlüssel – berühmte Schlüssel. Von Staatsmännern; oder Professoren. « ( Wir keuchten dazwischen immer noch einmal auf, ‹ todos : juntos › wie die Spanier für ‹ Hau Ruck ! › sagen ). » Oder von Dichtern. «
» Wo wohnen Sie eigentlich ? « fiel mir ein; und sie zeigte mit dem Kopf nach dem Häuschen am Hang. Auch ihr Mantel war ebenso abgeschabt wie der meine, und die Schuhe nichtswürdig schiefgetreten. » Glaub ich nicht; erst will ich's sehen ! « . Also gingen wir friedlich nebeneinander zu ihrer Wohnung : eine Stube; weiße Wände; Flüchtling aus Schlesien.
Sie drehte sich verlegen inmitten der armen Möbel; verriegelte auch erst die Tür; dann zog sie einen Schub auf : » Hier. « Und ich sah betroffen auf die mächtigen, teils schon verrosteten Schlüsselbunde; an jedem ein handgeschriebenes Schildchen : ‹ Schlafzimmerschlüssel Greta Garbos ›; ‹ Eisenhower seiner ›; ‹ Schlüssel zum Studio von Prof. Max Bense ›. Sie wog zaghaft den meinen in der hellbraunen Hand; sie frug mit hoher heiserer Hexenstimme : » Darf ich ? «
Rasch draußen; ich fragte heimlich die Bauersfrau: » Wer ist Ihre Mieterin eigentlich ? « . Die derbe Dicke nickte mit dem ganzen rotmarmorierten Fleisch, und lachte : »Die hat alles im Osten verloren, und ist hintersinnig geworden. Ganz alleinstehend; harmlos. Aber auf die Schlüssel muß man sich aufpassen ! « . – Ich ging zögernd wieder hinein; wenn ich für einen Menschentyp anfällig bin, dann sind es die Samm-

ler : Leidenschaft und Rücksichtslosigkeit; Zartheit und Mordgier.
Also trat ich auf die Hellbraune zu : der Kopf paßte an meine Brust. Ein dickes Haarnest, in dem man Diamanten verstecken konnte ( und Schlüssel ! Sie war gleich begeistert ob des Einfalls ! ) Anfang Vierzig : das paßte auch. Wir sahen uns eine zeitlang an.
» Also Sie dürfen meinen Schlüssel behalten – wenn Sie mir Ihren geben ! « . Sie hob das glatte Gesicht : » Och, « sagte sie unschuldig, » das ist bei mir ein ganz simples Kastenschloß – das lohnt gar nicht. « Stille. Ich atmete einmal tief ein, daß meine Schultern empfehlenswert breit wurden ( ‹ Buschklepper in rostroter Rüstung › hieß es vorhin wohl ) : » Trotzdem; ich möchte es gern ! « sagte ich leise.
Sie sah erst den Schlüssel an, dann mich; zu mir empor; dann wieder den einfachen Schlüssel. Langsam überzog eine zarte Röte ihr Gesicht. » Ach so « sagte sie zögernd. Blicke hin und her. » Ich bin aber doch verrückt « wandte sie schwächlich ein. Ich lehnte kurz mit dem Kopfe ab; versprach auch noch : » Ich besorge viele Schlüssel von Dichtern : ich kenn' alle ! « .
Sie senkte ergeben die Stirn gegen mich; ihre Schultern zweifelten noch ein bißchen. Dann bürgerte sie langsam zur Tür; zog ab; kam auf mich zu; bohrte mir verlegen mit dem Schlüssel am Bauch herum; sah hoch und lächelte : erst bedenklich; dann immer strahlender. Ihre Hände begannen an mir zu nesteln : Brust, Schultern, höher, – Hals ! Auch ich winkelte die Ellenbogen an, und legte die Hände um ihre dünnen Schulterblätter.
» Ach ja ! « sagte sie beruhigt. Zum Schlüsseltausch.

# SCHULAUSFLUG

Ans Fenster treten. ( Nicht die Stirn an die Scheibe drücken; das kommt höchstens in starkgebärdigen Schundromanen vor; in Wahrheit erlaubt das die Zentralheizung gar nicht, oder das lang-schmale Kacheltischchen; und der besagte Körperteil wird auch bloß rot gedrückt und schmutzig ) .
Spatzengeschrei machte feine Schlitze in den Rundumkrach des Verkehrs. Wind raffte aus allerhand Abfall einen Staubkerl zusammen, der mußte walzen ( bis das nächste Auto ihn lang zog und zu Tode schleifte; samt seinem einen Papier ) . In meiner Höhe dann rote Kastanienblüten; auf hundert Balkons ringsum Liegestühle voller Geschöpfe, die ‹ braun werden › wollten; ältere, klügere, richteten Riesenschirme gegen die sengende Maiensonne, marktweibergroße, und von einer Farbigkeit, daß einem die Augen gellten : waren also auch nicht klüger; bloß älter.
Älter : und mein Bein tat mir wieder weh ! Kann es denn sein, daß Mitte Vierzig das Fußgewölbe eben einfach nachgibt ? Daß man sich eines schönen Abends unversehens als glücklichen Besitzer eines Paars derber Plattfüße wiederfindet ? ‹ Life begins at forty ›; und bitter nicken.
Freilich, wenn man Geld hätte ..... Ich wüßte es jetzt schon richtig anzuwenden : ein winziges Häuschen in der Heide ( achttausend höchstens; nicht wie diese Bausparkassen, die mit Zwanzigtausend um sich werfen, als wär's ein bloßer Silbenfall ); im Ställchen eine Isetta; Eintausend erlesene Bücher : einmal in aller Ruhe die ‹ Insel Felsenburg › durchgehen können, den ‹ Nachsommer ›, oder Lessing von A bis Z; zur Nacht ein richtiges Bett zum Drinniederlegen ( nicht mehr dieses dürre indianerrote Gestelle von Schlafcouch ! ) ; nichts mehr ums liebe Brot schreiben zu brauchen, keine ‹ experimentelle Prosa › mehr, keine feinsinnigen ‹ Essays ›, keine ‹ Nachtprogramme › ; an Uhren werden nur die lautlosen geduldet, die mit Sand und Sonne, oder höchstens im Korridor eine alte Standuhr, die alle Ewigkeiten, nachdem man

vieles und vielfältiges gedacht hat, vor sich hin ‹ Mnja › sagen. Den Mond untergehen sehen, über Wieseneinsamkeiten, ganz rot würde das silberne Wesen geworden sein, wenn es einsank in Dunstband und Kiefernborte .....
Ein Motorradfahrer explodierte vorüber – das sind die allerschlimmsten ! – : das Papier war ihm aufgegangen, und er zeigte wütend-ergeben mit der blanken Salami die neue Richtung. Auch fuhren amerikanische LKWs viel Atommunition vorbei, und es stank unnachahmlich nach Benzin, nach Straßenschweiß, nach Niveacreme, was weiß ich.
16 Uhr 30 ? Da hätte Fräulein Mülhäuser dasein sollen, meine einzige ‹ Schülerin ›. ( Ich hatte mal inseriert : ‹ Wollen Sie berühmt sein ? Schriftsteller werden ? Unterricht auf allen Gebieten schriftstellerischer Tätigkeit erteilt / Otto Lautenschläger › . )
Und was hatte ich für Pech gehabt mit meinen Aspiranten ! Die meisten waren total behämmert, und schrieben einen Stil wie Frenssens ‹ Sandgräfin › – also Edelkitsch; ein Reporter war darunter gewesen, der nur gekommen war, um einen ( allerdings gut gemeinten ) Artikel über meine Häuslichkeit zu veröffentlichen; ein Anderer hatte mich vor Gericht verklagt, weil er in meinem nächsten Buch ‹ seine Ideen › zu erkennen vermeinte – dabei hätte ein wirkliches neues Talent doch wahrlich niemand ekstatischer begrüßt als ich. Das hatte ich während meiner literarischen Laufbahn ja nun doch auch immerhin gelernt : das Gute als solches zu erkennen ( wenn man es vielleicht auch nicht öffentlich anerkennen durfte : der Markt war ja so überfüllt, die Konkurrenz so groß; der Selbsterhaltungstrieb verbot einem, Leute, die nach 1870 geboren waren, zu rühmen ! ) .
Ah, da kam sie über die Straße ! Lang und knochig, Schritte wie ein Mann, die Arme ragten aus den Taschen des dunkelgrünen Ledermantels ( das war auch so etwas Unergründliches : Einmal, in sehr vertrauter Stunde, ach es konnte Zwanzig Jahre her sein, hatte eine Frau mir anvertraut, daß solch ein Ledermantel – wir Männer wären freilich begeistert : Festigkeit, Glätte, Winddicht, Teuer & Solide – für

eine Frau eine Strafe bedeute ! ‹ Zum Ledermantel verurteilt › hatte das Abenteuer von einem Weibe es formuliert; eben weil das Stück nahezu unvergänglich wäre, ‹ schier dreißig Jahre bistu alt ›, wäre es ein Scheuel und Greuel in den Augen jeder mit der jährlich dieversemal wechselnden Mode fortschreitenden Frau ! ) . Und Ilse hier trug einen. Hm.
Klingeln – » Ja, bitte ! « . – Und da stand sie in meinem Korridor rothaarig und leicht sommersprossig; so groß wie ich; gelbgeränderte Brillengläser ritten über dem Irokesenprofil; da der Vater Direktor dreier hiesiger Textilfabriken war, half ich ihr aus dem schweren Ding.
Nach einem Jahr Unterricht ( Stunde à drei Mark ) wußte sie den Weg ins Paradezimmer. ( Meine Wohnung bestand aus eben diesem – mit eindrucksvollen Bücherregalen an den Wänden; einem Rollschränkchen voller Leitzordner; einer Sitzecke – und außerdem einer verbotenen Zwergenküche, in der auch die dickbesagte Schlafcouch stand, alles armselig genug, was will man machen ? ) . Ich rief ihr nach – absichtlich beiläufig; während des Mantelaufdenbügelhängens – » Sehen Sie sich mal die neueste Nummer der ‹ Kalebasse › an ! « ( Der mir befreundete Redakteur hatte nämlich endlich zwei von ihren Gedichten abgedruckt; die ich durch den anderen befreundeten Redakteur einer zweiten Zeitschrift sehr wohlwollend hatte besprechen lassen – was will man machen ? : Täglich drei Stunden à drei Mark, das sind rund Zweihundertfünfzig im Monat : wer's über's Herz bringt, werfe den ersten Stein ! ) . Blieb ich also diskret lange draußen; während sie drinnen gierig mit den Zeitschriften raschelte. » Nehmen Sie sich die Exemplare mit, selbstverständlich. « gewährte ich großzügig.
» Obwohl ! « und sah ihr streng in die selig-sommersprossige Gesichtsscheibe : » Zumindest die eine Wendung, ‹ Lautlos, wie die Araber, / ihr Zelt falten zur Nacht ›, von Longfellow expropriiert sein dürfte : ‹ . . . shall fold their tents like the Arabs, / and as silently shall steal away . . . › ! « Sie errötete bis fast zu Tränen, und gab's zu. » Aber die Übersetzung ist

*so* gut, « fuhr ich, ihr zum Trost fort, » daß es für diesmal durchgehen mag. – Da gibt es ganz andere Fälle : was meinen Sie, was Adalbert Stifter alles gestohlen hat ? Sein ‹ Hochwald › ist bis in die Einzelheiten der Handlung aus Coopers ‹ Deerslayer › entlehnt. Das ‹ Alte Siegel › haben Sie, wie ich Ihnen aufgab, gelesen ? « . Sie hatte es, gehorsam und fleißig wie stets. » Da nehmen Sie sich jetzt mal den dicken blauen da heraus – jawohl, den ! – und vergleichen Sie den Anfang von Fouqué's ‹ Zauberring › damit : sogar die Namen ‹ Hugh › und ‹ Hugo › sind dieselben : es ist eine rechte Schande ! «

Und wir gingen gemeinsam durch, wie man so etwas macht – plagiieren nämlich; oh, sie lernte schon etwas bei mir ! Wir arbeiteten zusammen nützliche Bücher durch, etwa Wielands ‹ Aristipp ›, aus denen sie die Technik des Briefromans studieren konnte. Sie las die Korrekturen meiner Bücher mit. Wir gingen gemeinsam in Bibliotheken, wo ich sie die Standardnachschlagewerke kennen lehrte, die ‹ Allgemeine Deutsche Biographie ›, die ‹ Encyclopaedia Britannica ›, ‹ Schlichtegrolls Nekrolog ›; und wie man den ‹ Auswärtigen Leihverkehr › benutzt. Ins Funkhaus nahm ich sie mit, wenn ich, wie selten einmal, Geschichten vorlas, daß sie auch das aus dem Grunde erfuhr. Übersetzungen schrieb sie mir ins Reine ( obwohl man mir da natürlich schon den Vorwurf machen konnte, ich benützte sie – auch bei Erledigung der Korrespondenz – als zahlende Sekretärin; hm ) .

Wieder Klingeln. – » Nanu ? Ist das schon der andere Schüler ? . . . . . « Und ging zur Tür ( ich hielt es für gut, diese Fiktion der ‹ anderen Schüler › ihr gegenüber aufrecht zu erhalten. Und *was* ich schon für Tricks angewandt hatte, um vor ihr zu verbergen, daß ich keinen Radioapparat besaß ! Feinsinnigste Argumente hatte ich ins Feld geführt : daß ein Schaffender seine alten Arbeiten nicht mehr hören dürfe; sonst entstünde nichts Neues. Und all solchen Blödsinn. Aber sie hörte getreulich jede Rundfunksendung ab; und berichtete am nächsten Morgen darüber ) . Diesmal war es aber nur der Postbote; ein Eilbrief : die Übersetzung müßte spätestens

in 14 Tagen abgeliefert werden, weil der Schmarren verfilmt würde ! Ich legte ihr resigniert den Wisch hin, und sie studierte ihn besorgt : » Ja, ob wir das fertig kriegen ? . . . . « Rasch noch ihre Schulaufgaben durchsehen : » Also, Fräulein Mülhäuser, was heißt das ‹ Der Wortschatz des vom Hai um die Mitte Gepackten › ? : der macht doch höchstens noch ‹ Gacks ! › – wohltönender Unsinn ist das ! « ( Natürlich alles psychologisch interessant; ihre Geschichte vom ‹ Weiterträumen ›, von der Frau, die nicht mehr zu träumen aufhören kann, so die Brackwässer von Ilses Nacht & Tag; und andere Einfälle von ausgezeichneter Unbrauchbarkeit, das heißt solche, die sie mit ihren 24 Jahren noch gar nicht bewältigen konnte ) . Heute war Sonnabend – also noch rasch die Aufgabe für Montag : » Schreiben Sie einen Essay – zumindest das Gerüst eines solchen – über ‹ Die Großhauswelten ›; das wird für die nächsten Wochen und Monate unser Thema sein. « Und ist ja auch eine, formal überhaupt noch nicht bewältigte Erscheinung unserer modernen Zivilisation : typisch für die Menschheit sind diese beiden geworden, das Einfamilienhaus und das Großhaus, das dem technischen Produkt und seiner Verwaltung gewidmete, also Fabrik, Kaufhaus, Bank, Postamt; andererseits die, aus der Stammesunterkunft der Primitiven weiterentwickelte Drillanstalt, à la Schule, Kaserne, Funkhaus, Parlament wo die Ältesten Palaver machen; Rummelplätze . . . .
( ‹ Rede zum Richtfest eines Atommeilers › fiel mir ein : » Mit Vergunst . . . . . « – *denen* würde ich was erzählen ! ! ) .
Was war das Letzte gewesen ? : Rummel. Ich tappte mit der Handfläche auf den Tisch; ich sagte : » Fräulein Mülhäuser, es dämmert bereits : kommen Sie mit auf den Messplatz; Sie wissen ja, ‹ Greift nur hinein ins volle Menschenleben ›; übersetzen kann ich auch noch nach Mitternacht – nehmen Sie den Notizblock mit, wir machen Studien, wir gehen auf Bilderjagd : Schulausflug ! « . Sie errötete; sie stotterte : » Wir haben eigentlich Besuch; mein Bruder, der Theologe . . . « . » Ah, natürlich. – Also lassen wir's, « sagte ich ernüchtert ( ich hab ja auch gar kein Geld; war ohnehin unvor-

sichtig, sie einzuladen; da muß ich dann als Kavalier bezahlen; ich : der Direktorstochter ! ) . Aber sie errötete schon wieder so lieb, und arbeitete mit den großen Händen : » Ach nein, ich komm' ja gern mit; ich ruf' nur schnell zu Hause an . . . «

Dämmerung durch die Straßen. Der volle Mond schräg verankert im Wolkenstrom : » Heute Nacht findet überdem eine totale Mondfinsternis statt, sehen Sie sich die an; die nächste ist erst wieder in vier Jahren. « Und geleitete sie zur nächsten Telefonzelle.

( Seltsam so draußen zu stehen : das gelbe Eisengerippe, mit Glastafeln ausgefüllt; drinnen hantiert die Lange, am Ohr das schwarze Gerät; dreht sich her, als spräche sie von mir; schweigt zehnsekundenlang; am andern Ende mag eine Villa liegen, zwanzig Zimmer, eine distinguierte Mutter hebt die Brauen, im Hintergrund grunzt ein dicker kurzer Vater ) : » Na ? ! « Und sie strahlte mich grausam an : » In Ordnung ! « .

Schon wurde der Krach lauter, die Häusermauern flackerbunter. Oben flog ein kleiner dicker Zeppelin, unten der Mann am Scheinwerfer hatte genug zu tun, ihn anzustrahlen. Und Schlangenmenschen, Sektmarken, Tänzerinnen machten Reifen aus ihren Armen und drehten sich selig darunter; Bratwürste sprühten Fettfunken; ‹ Mach mal Pause › im Lichterwald; dreitausend Menschenmädchen machten dünnlange Beine; rotlöchrige Gesichter; Burschen überschlugen sich in Schiffschaukeln; Arme drängelten, Bänder sprudelten, Gürteln natternbillig; dicke Schützen brummten hinter Wangen, Teddies kauerten sklavenbunt.

» Ach, da; mein Bruder ! « Sie verschluckte den letzten Wurstzipfel beinahe, und zeigte mit Augen auf den langen Studenten, der, wie aus schwarzen Röhren erbaut, eben auf uns zu kam; mit hohem steifen Kragen und kirchenpräsidentenem Gesichtsausdruck. » Mein Bruder Gerhardt . . . . . « stellte sie leicht beklommen vor; und ich erkannte an dem ‹ steinern › sein sollenden, aber wie gekocht wirkenden Austernauge nicht nur den habituellen Brillenträger, sondern

auch den korrekten Akademiker, der sich durch Autopsie überzeugen will, wer dieser ‹ Lehrer › seiner Schwester eigentlich ist. » Ich kenne einige Ihrer Bücher, « ergänzte er undurchdringlich ( hoffentlich nicht die ganz frühen, den ‹ Sataspes › oder das ‹ Haus in der Holetschkagasse › ! ) . » Und Sie sind bei Ihrer Doktorarbeit ? Darf ich fragen ? « Er nickte gemessen von seinen sieben Fuß Größe herunter : ich durfte fragen. » Das Buch Henoch « erklärte er kurz und abweisend, à la : kennt ja doch Niemand außer mir.
» Henoch « sagte ich nachdenklich : » Das hab' ich früher immer gern gelesen. « ( Und starkes Nicken in Erinnerungen hinein ) . Er drehte mir das gerunzelte Gesicht zu, mit dem man Konkurrenten wittert; auf der andern Seite begann Ilses Antlitz zu strahlen – sie kannte mich und meine bemerkenswerte Lektur; sie war auf alles gefaßt. » Ich kenne natürlich nur die Übersetzung beim Kautzsch, « sagte ich kalt; » während Sie ja sicher koptisch können – « ( er bestätigte, ruckartig aus den Hüften heraus ) » – aber mich hat die danteske Art zu schildern – genauer sollte man natürlich sagen : Dantes henochoide Art – immer sehr interessiert; zumal, wenn man im Besitz des Schlüssels, der kosmologischen Anschauungsweise ist, dann gibt es ja nichts Aparteres. « » Die babylonische Ziggurat « bestätigte er hochmütig, » obwohl auch da natürlich vieles noch unklar bleibt; wer wird denn auch eine Apokalypse bis ins Letzte verstehen wollen ! « .
» Was meinen Sie jetzt speziell mit ‹ unklaren Stellen › ? « fragte ich »Babylon natürlich; davon wissen wir viel zu wenig; aber es ist ja ein ganz anderes, alles erläuterndes Weltbild da. « » Nun « sagte er geduldig, » zum Beispiel die Wesen, die Henoch auf seiner Reise durch den Himmel antrifft; und die er bald als Mensch, bald als Feuerflamme sieht. «
» Na, das ist ja nun noch das einfachste, « ( ich formulierte es boshafterweise so ! ) : » das sind die Sterne bzw. ihre Führer um den Berg des Nordens. « » Berg des Nordens ? « wiederholte er befremdet; und ich mußte ihm erst das Weltbild Kosmas' des Indikopleustes erklären – » Sie wissen ja, daß das Buch Henoch langelange in der griechischen Kirche

‹ gegolten › hat; und Kosmas *ist* in Äthiopien gewesen, man vergleiche sein Monumentum Adulitanum. « Also skizzierte ich es ihm rasch auf die Budenwand : » Das ganze Mittelalter zehrte davon; Dante; Joinville; auch noch Kolumbus, der am Orinokodelta das Paradies und einen Berg entdeckt haben wollte, der bis in die Mondsphäre ragte, gestaltet wie die Knospe einer Frauenbrust – « ( er zuckte sichtlich, und sah verwirrt zu Ilse hin; die errötete raschlieb; aber es war ja *zu* interessant ) » Nebenbei : auf dem Umschlag der ältesten Ausgabe von Karl Mays Roman ‹ Und Friede auf Erden › hat Sascha Schneider unbewußt einen Engel als Sternenführer dargestellt – Sie können ihn morgen bei mir sehen. «
Er reckte sich ekstatisch; er fragte : » Steht der Kosmas beim Migne ? Mein Vater hat mir die Serie zu Weihnachten geschenkt. « » Ja, auch da. « » Oh, damußichdochgleich . . . . nachsehengehen « murmelte er aufgeregt-abwesend; auch : » Kommstu mal mit zum Wagen, Ilse ? « ( Sie bat mit Hand und Mund um einen Augenblick : bitte. )
Warten. Männer in engen schwarzen Schutzanzügen bückten sich allenthalben umher, und legten schon die Zündschnuren fürs abschließende Feuerwerk. ( Das muß man sich mal vorstellen : der ‹ Migne ›, das heißt die 400-bändige Serie der Kirchenväter, wird zur Zeit garantiert mit 10 000 Mark gehandelt : und so was schenkt man sich bei Mülhäusers zu Weihnachten ! Ob ich nicht doch das Stundengeld um 50 Pfennig erhöhe ? ? ) . Aber da kam sie schon wieder hastig durchs Plebejergedränge gestakt : » Mein Bruder ist *auch* ganz begeistert von Ihnen « gestand sie atemlos. ( ‹ auch › ? ) .
Dröhnend verkündete der Ansager neben uns : » Letzte Fahrt des Riesenrades für diese Saison ! Wer will noch mal ! Wer . . . « Schon hatte ich 2 Billets erstanden; schon Ilse bei der sommersprossigen Hand genommen; schon saßen wir nebeneinander in der Gondel, die unter angemessener Sambabegleitung nach oben zu steigen begann.
Hoch; ja höher. Oben allein. Und untertauchen in Krach und Helligkeit ( wie sagt Sir Thomas Browne im ‹ Religio

Medici › ? : And even that tavern-music, which makes one man merry, another mad, in me strikes a deep fit of devotion. « And so on ) . Neuerdings aufstiegen wir. Sanken wieder auf den Grund des Lichterteiches : in die korallenbunten Gerüste; Knaben ritten auf Seepferdchen; langbeinige Wasserjungfern quälten Würste mit spitzen Fingern, mit Zähnen . . . . .

Aber Ilses Gesicht : ? : ? ? Ihr wurde schlecht ! ! Ich schnipste dem Mann am Dynamo eine D-Mark hin, und er ließ uns schnell aussteigen ( d. h. ich zerrte meine riesige Begleiterin möglichst rasch aus der Gondel ) . » Kommen Sie : schnell 'n Magenbitter ! « .

Und schon wieder vor dieser Bude : die schwarze erfahrene Kellnerin schenkte uns ein ( auf einen schlauen Augenklaps von mir hin Ilse immer das doppelte ) . Und allmählich wurde ihr ( sommersprossiger ? ) Magen besser. Sie bekam wieder Farbe, und stöhnte ein paarmal erleichtert. – Und fuhr erschrocken herum, als auf einmal die Lichter erloschen. Ich legte ihr beschwichtigend den Arm um die große Schulter; wir traten etwas an den Rand ( wo das Finanzamt ist; ich drohte dem Sandsteingebäude erst noch heimlich mit der Faust : ! ! ) .

Und schon zerkeilten die Lichthiebe unsere Fronten bis zur Unkenntlichkeit; bunte Klingen häckselten uns; ein Feuerriese ließ sein Blumengehirn übertrüffeln; und wir hatten zweifarbige Gesichter : die rechte Hälfte grün, die linke wolkiges Braun. Ein Lichtseil loopte wahnsinnige Kurven am Himmel; und rechts wieder Bonbonrot, links tiefes Taumelviolett. Ein Kanonenschlag machte uns Kleider aus feuerfarbenem Taft, ( und viele hitzige Rosengesichter ) , bis der schwarze Donner die Erde unter uns wegzog wie ein Sprungtuch. Wir traten vorsichtshalber dichter aneinander, und sahen zu, wie sich dort, im Phlegeton, die Schatten zischend kielholten ( aber das war alles nichts, gegen die röhrigen Bässe, die aus den Lichtfudern befahlen, und zaunhohe Flammenzähne zeigten ) .

» Komm' Sie lieber mit « nahm ich das Magenbittergesicht

untern Arm; und zurück durch die Stadt, über angestrahlte Straßen hinweg, und Plätze, an deren Rändern helle Geschäftshöhlen lungerten : Katarakte von Hüten; schwarze Frauen knixten mit grobem Silberhaar, manche hatten Federköpfe wie Vogelmenschen. So eine Lederjacke müßte man sich kaufen können.
Sie hing schwerer in meinem Arm, murmelte ein Lachen, und stöhnte wohlig ( waren 4 Magenbitter etwa zuviel gewesen ? ! ) . Sie blieb tiefsinnig vor einem Schaufenster stehen – eine schwarze Siebenachtelhose schritt weitgebärdig über Blusenbusen; gelbe magere Handschuhe tasteten lüstern an Mädchenwäsche – sie war offensichtlich angeheitert. » Trinken Sie eigentlich sonst ? « : » Achneinnie ! « summte sie selig, und lachte und zeigte. Und wurde wieder ernst; und umklammerte meinen Arm fester : » Ich hab mir – obwohl's verboten ist – Ihr ‹ Anderes Zimmer › angesehen : Ochch ! « Und stellte sich vor mir auf ( die dunkle Passage am Weißen Turm war günstig ) . » Und ich hab' aufgepaßt : es kommen gar keine ‹ Anderen Schüler › ! – Und die ‹ Holetschkagasse › ist doch so *wunderbar ! !* – Die dünne Schlafcouch hab' ich gestreichelt, immerzu ! « . Sie legte mir beide mächtigen Hände um die Oberarme; nahm sie aber, wohlerzogen, gleich wieder weg, und wir gingen weiter durch die dunkler werdenden Vorstadtstraßen.
Bäume, in schwarzgelben Perücken, begannen zu rauschen; die Abstände zwischen den Villen wurden schon größer, vornehmer. Auf einer Bank, in Schattenwirbeln, verrankte sich ein Pärchen. » Und meinem Bruder würde es ja so sehr helfen, Ihr ‹ Kosmas › – er will doch später Superintendent werden ! «
Bogen wir also noch um die Kirchhofsmauer; und sofort weiter den Trampelpfad über die Nachtweide; ist billiger als ein Cafébesuch.
» Aaaach ! « und da hing er, ein Kupfergong, sehr niedrig im Äther : der verfinsterte Mond. Über dürren Kiefernwitwen. Ein paar Fußballtore standen, völliger Autismus, im Gelände herum. Sie sah mich an, und sagte gelehrig das zu-

ständige Wort : » Oppolzer ! « . » Oppolzer « , wiederholte ich, und drückte ihren Armknochen fester : was ich schon so an Mondmetaphern ersonnen habe; es wäre nicht mehr als recht und billig, einen Mondkrater nach mir zu benennen ! Also stehen. Auf dem umliegenden Wiesenland bildete sich sacht der Tau. Spitzgliedrige Sternbilder hockten zitternd an allen Horizonten. Zeit wäre es, sich nach einem sicheren Hafen umzusehen. Der Vater Direktor dreier Textilfabriken. Und ich träumte von Karteien; von anständiger, regelmäßig-rechtwinkliger Arbeit; Kinder könnte man haben, 3 Stück, groß und rothaarig, nicht bloß immer ‹ Schüler › ! –
Vor ihrer Villa; 14 Zimmer; oben im Dachgeschoß war noch Licht. » Und jetzt hör ich Ihr Nachtprogramm; bei meinem Bruder im Zimmer – ach « gestand sie. Rührend und abgründig tiefsinnig war dieses » Ach ! « ; lieber nicht drübernachdenken. Oder doch ? – ?
Ich nahm ihre schweren Armknochen; und legte sie mir um den Hals. Meine um ihren Brustkorb. Lange. Und wir hakten die brilligen Gesichter übereinander. Lange.
Mondfinsternisrummelfeuerwerkhenoch ! –
» Und jetzt hör' ich Ihr . . . . . : *Dein* Nachtprogramm ! « . Sie montierte sich mühsam von mir los. Und kam immer wieder heran.
» Und morgen kommen wir beide zu Dir : Gerhardt und ich. « – Sie legte die große Hand auf mein Herz. Fing mein Gesicht mit dem ihrigen. Und also kann man ja noch weiter leben.

# SOMMERMETEOR

Schon von weitem hörte ich, wie das Klavier unter Emmelines Pfötchen nervös brüsselte; dicke Blasen stiegen auf; im Baß blubbte es manchmal suppen ( und mir war wieder, als stände ich als Junge vor meinem Aquarium : da hatten sich die Luftfontänen auch immer so hochgewriggelt. Gleich wedelte Wind mit dem heißen Schleierschwanz, alle Büsche fächelten sich voll algengrüner Gebärden. Schon sah ich Hagemann, der mit vergrätztem Gesicht die hellen Gläser servierte – scheinbar ‹ Lacour Blanc ›, den weißen Bordeaux : umso besser ! ) .
Zur Begrüßung hielt mir Vermessungsrat a. D. Stürenburg die mächtige zweischalige Taschenuhr ( in Bergmannskapsel ) vors Gesicht : ? ! Ich versuchte, mich mit allerlei Besuchen zu entschuldigen : des Verlegers, der Muse, ( » Gerichtsvollzieher ! « schnarrte Hauptmann von Dieskau höhnisch dazwischen ); es gelang mir jedoch, so schuldbewußt und geknickt Platz zu nehmen, daß Verzeihung unumgänglich schien. Apotheker Dettmer – das Bärtchen an seinem zartrunden Gesicht sah mehr denn je wie Nylon aus – erklärte mich sogar für ‹ überarbeitet › und ‹ hohlwangig ›, und wagte empfehlend auf die von ihm erfundene Universalmedizin ‹ Virgisan › anzuspielen : ? Aber so höhnisch schnarrte es rings, daß er sofort flehend die Hände faltete, und sich in die stroherne Muschel seiner apart-unbequemen Sitzgelegenheit zurückzog.
Emmeline maulwurfte erst in der Mitte des Benedetto Marcello; ich zehenspitzte behutsam hinein ( angeblich, ihr die Noten umzuwenden; in Wahrheit, um mir die Zeit zu vertreiben : ich bin ausgesprochen unmusikalisch, ich hatte wohl schon gesagt, daß mir dabei höchstens Fische einfallen, oder so was ) .
Vorm Bücherregal. Ich griff eins heraus, dessen Farbe mir leidlich ins Gesicht fiel; dunkelgrüner Lederrücken mit hellgrünem Schildchen : ‹ J. A. E. Schmidt, Handwörterbuch der

Französischen Sprache. 1855 ›. Ich schlug aufs geratewohl auf, Seite 33 : ‹ Auget = Leitrinne, in welcher die Zündwurst liegt › – ich kniff mich in den Oberschenkel, um mich meiner Existenz zu vergewissern : Zündwurst ? ? ! ! ( und dieses ‹ auget › würde ich nun nie mehr in meinem Leben vergessen; ein gußeisernes Gedächtnis ist eine Strafe ! ) . – Wieder draußen ( und Stille; kein Klavier trappelte mehr ) . Wohlfrisierte Sommerwolken wehten über uns hin. Über dem fernen See funkelte's abendlich; noch war Sommer, Sommer ( und doch fröstelte mich schon wieder, wenn ich an die Totentänze der Chausseebäume dachte : im November, im November ) . Den Kuchen hatte diesmal Frau verw. Dr. Waring gestiftet; hausmachern; höchstens geologisch interessant ( ich flüsterte es zu Hauptmann von Dieskau, und er prustete militärisch : sehr gut ! ) .

» Ach : Daa ! ! « Emmeline zeigte mit dem Kuchenkeil auf den Meteor, der, sinkend, im Dunkelblau eine schöne Spur hinterließ : ! Ich erlaubte mir, » Persëiden « zu murmeln; und Stürenburg unterstützte mich mitleidig. » Gewiß « sagte er, » von Mitte Juli bis Mitte August; Maximum am 11. – Andere verläßliche Schwärme sind die Orioniden ( 20. Oktober ) und die Geminiden ( 10. Dezember ) . Tja. «

Pause. Dann wollte Keiner dahinten bleiben; Dieskau hatte natürlich am 13. Februar 1913 ganze Prozessionen von Meteoren in Canada gesehen; ich selbst hatte, ungefähr 32, zwischen Görlitz und Lauban eine Feuerkugel beobachtet ( fuhr gerade mit dem Rade entlang, als ganz junger Mensch; so um die 20 ) . Aber Stürenburg bremste uns Alle – durch Nicken, durch Handgaukelei : man kam gegen den Mann nicht auf ! ( Ist *das* vielleicht ein Vorzug des Alters, Life begins at 70, daß man alles verläßlich besser weiß ? ) .

» Dextrocardie « sagte er langsam; und zur Erläuterung : » Es gibt Leute, bei denen das Herz *rechts* sitzt : tatsächlich ! « . Er blies in seine Zigarre, daß sie Funken sprühte, wie ein Meteor; und fuhr fort : » Ich studierte damals in Göttingen; und ein Freund hatte mich mit philosophischen Gründen überredet – ich hörte auch ein Semester Anatomie.

Nun wohnte damals in der Weenderstraße ein armer Studiosus Medicinae zur kümmerlichen Miete, nebst seiner sechzigjährigen Mutter und einer Schwester. Er gab rastlos Nachhilfestunden; die Schwester klöppelte Spitzen ums liebe Brot; und als die Mutter starb, standen sie vor der Wahl, entweder für die Begräbniskosten gepfändet zu werden ... « ( hier spitzte Dieskau verständnisinnig Hände und Ohren : » Oder ? « ) . » Tja, oder « entgegnete Stürenburg : » Diese Mutter nämlich hatte, wie ich schon andeutete, das ‹ Herz am rechten Fleck ›. Und war also ein medizinisches Mirakel, nach dem sich jeder Anatom sämtliche zehn Finger geleckt haben würde. Unser junger Mann geht also in seiner Verzweiflung zum Professor, und offeriert ihm die einmalige Rarität zum Anatomieren – der schlägt begeistert ein : für 500 Mark. «

» Emmeline ! « rief hier Frau Dr. Waring, die mit steigender Besorgnis gelauscht hatte : » Mein Kind : Hol' mir doch bitte den Sonnenschirm vom Seeufer ! « Die Kleine gehorchte schmollend ( und ich schwankte einen Augenblick, ob ich sie nicht begleiten sollte ? – Aber nein : erst mußte diese neue Anekdote gültig fixiert werden ! ) .

» In der letzten Nacht also, da er ganz allein die Totenwache bei der schon im Sarg liegenden Mutter hält, nimmt er den Leichnam heraus, wickelt ihn in eine alte Decke, und versteckt ihn auf den Hausboden, hinter den Schornstein. An dessen Stelle füllt er Stroh und Steine in den Sarg, und vernagelt ihn aufs festeste : der wird am folgenden Vormittag mit allen Ehren zur Erde bestattet. – Sobald es nun dunkelt, steckt er den mütterlichen Körper in einen alten Sack, um damit nach des Professors Haus zu wandeln. Unterwegs begegnet ihm ein Kommilitone, der ihn fragt, was er denn da auf dem Rücken schleppe ? « Stürenburg blinzelte mephistophelisch; fügte auch noch die näheren Bestimmungen hinzu: » Ein Augustabend. Wind schlich in Gassen. Überall in der Dämmerung begannen die Persëiden zu schwirren : genau wie heute ! – Der arme Schlucker macht sich ganz bestürzt von mir – äh : Jenem ! – los, und gibt zur

Antwort : ‹ Laßt mich nur zufrieden, Herr Bruder; es ist nichts, als eine alte Baßgeige › . «

Pause. Dieskau, der alte Skeptiker, röchelte befriedigt; Dettmer wartete weit offenen Mündchens; und Hagemann hockte gleich einem verwitterten Götzenbilde unbeweglich auf der Terrassenmauer – sicher kannte er die Pointe schon !

» Am nächsten Morgen schon wurde die weibliche Leiche anatomisiert; die Umkehrung des Adernsystems gebührend bewundert; bei Zerlegung der partium genitalium warf der Professor scherzend ein : dies sei der Gelehrten und Ungelehrten allererste Studierstube. Worauf mir aus der Antike einfiel, wie damals Kaiser Nero seine eigene Mutter habe zerlegen lassen, und begierig zugesehen – worauf der besagte Student plötzlich in Ohnmacht fiel. – Wir wußten damals Keiner, warum; aber es wurde doch allmählich ruchbar und stadtkundig. Hm. «

» Und ? : Was wurde aus dem jungen Mann ? « erkundigte sich Dieskau rasselnd ( und gefühllos : Soldaten sind schreckliche Menschen ! ) .

» Er beendigte sein Studium auf einer anderen Universität « erklärte Stürenburg mit überlegen hochgezogenen Brauen : » So viel ich weiß, praktiziert er noch heute als angesehener Arzt in Bremervörde. – Tja. «

Die Witwe stöhnte nur; Apotheker Dettmer schwieg unangenehm ergriffen; und auch mir war es nichts weniger als behaglich : ist es tatsächlich ein Vorteil, wenn man so viel erlebt hat ? !

Über dem Dümmer entstand ein vorbildlicher Cumulus, für jedes Lehrbuch geeignet. Emmeline kam schnellatmig und seltsam erhitzt vom Strand zurück. Ein magerer Meteor zog eine Silberbraue über den Mond.

» Oh. Geschichten weiß der Herr Rat : der könnte die Vögel von den Bäumen locken ! « und sah mich von unten aus glitzernden Altersaugen an. » Jaja, gewiß, Hagemann « sagte ich diplomatisch, » aber ob sie auch alle wahr sind ? « Er warf sofort die Arme mit den noch immer mächtigen Fäusten in die Luft : » Wieso denn nicht ? ! « nieselte er empört : » Was hier im Lauf der Jahre alles passiert ist ? ! – Und dann die vielen Ins-trumente : Ohgott, wenn ich nicht so'n festen Kopf hätte – – « er entfernte sich, unglaublich murmelnd, und ich begab mich unbefriedigt wieder zur Terrasse zurück, wo man mich schon erwartete.

Vermessungsrat a. D. Stürenburg erklärte eben dem Hauptmann, daß man auch als Zivilist durchaus noch bessere Karten einer Gegend als die allgemein für das non plus ultra angesehenen Meßtischblätter erwerben könnte. » Jedes Katasteramt verkauft Ihnen anstandslos für 6,– DM die sogenannten ‹ Plankarten › im Maßstab 1 : 5000, die ebenfalls die gesamte Topographie enthalten – da haben Sie dann genau jedes einzelne Gebäude eingezeichnet; durch die Schraffierung sind Wohnhäuser von Schuppen unterschieden; Straßennamen; Alles : Sehr zu empfehlen ! « Er nickte fachmännisch, und kerbte mit einem silbernen Spezialmesserchen seine Zigarre vorn ein : » Natürlich gibt es auch *noch* großmaßstäblichere Pläne; in Verbindung mit dem Grundbuch; die werden, falls Zeit ist, von den einzelnen Topographen laufend ergänzt – « er wiegte den mächtigen Kopf und stöhnte ein bißchen.

Vom See her wogte träge ein Windstoß heran; spülte flüssigkeitshaft lau über unsere Hände; das Luftmeer war heut bester Laune. »Gut für die Ernte« bemerkte Apotheker Dettmer wichtig; Frau Dr. Waring nickte gutsherrschaftlich ( obwohl sie den Teufel etwas davon verstand ) ; Nichte Emmeline dehnte verstohlen die badelustigen Beine, und

während sie noch schlau zu mir herüber sah, hob Stürenburg bereits an:
» Sie wissen ja Alle, daß ich vor zwanzig Jahren, im Dritten Reich, vorzeitig pensioniert wurde – ich komme jetzt darauf, weil es auch mit Grundstückskarten zusammenhängt. Ich hatte damals die Katasterämter westlich der Ems unter mir, und war eben im Auto auf dem Wege nach Meppen, als ich nahe einer stattlich im Park liegenden Villa ein paar Landmesser bei der Arbeit sehe; Einer hat das Stativ aufgebaut, zwei Gehilfen stehen malerisch auf die rotweißen Latten gelehnt : wie das so jeder kennt. Ich lasse Hagemann halten, steige aus, und gebe mich dem Mann am Fernrohr zu erkennen. Er sieht überhaupt nicht hoch, sagt nur scharf : ‹ Fahren Sie weiter ! › Nun war mir dieses zu dick : ich war ja schließlich sein übernächster Vorgesetzter; außerdem empörte es mein altes ehrliches Geodätenherz, daß das Fernrohr des Kerls irgendwohin mitten in die Villa zeigte. Auf meine Beanstandung hin sagte er drohender : ‹ Gehen Sie Ihres Weges ! › ; hob auch den Kopf : ich hatte das Gesicht noch nie gesehen; wo ich doch alle meine Beamten kannte ! Jetzt wurde mir die Sache verdächtig; zumindest lag ja ‹ Anmaßung von Dienstbefugnissen › vor. Ich forderte ihn also auf, in meinen Wagen zu steigen, und mir zur nächsten Polizeidienststelle zu folgen. Sein Gesicht wurde sofort brutal. Er machte sich klein zum Angriff; pfiff seine Komplizen herbei; die faßten mich, und hätten mich in mein Auto gestopft, wenn nicht Hagemann eingegriffen hätte : er warf, strategisch durchaus richtig, zuerst den Rädelsführer kopfüber in den tiefen Straßengraben – Moorboden, Sie wissen ja. Dann kam er mir zu Hilfe. Die beiden Fremden bildeten sich – glücklicherweise für uns – ein, sie müßten Hagemanns Kopf mit ihren Latten angreifen; und von diesem Augenblick an war der Kampf entschieden. Durch Faustschlag, Stoß und Zähnegeknirsch drang Hagemanns Haupt, gleichzeitig Schild und Angriffswaffe, unwiderstehlich vor; schon verlor der Eine Jacke und Hemd; während ich dem anderen die Nase öffnete. Unterdessen tauchte aus dem Gra-

ben das jetzt struppige Antlitz des Anführers; er rief seinen Leuten ein Kommando zu; worauf sie sich sofort zurückzogen, sich auf drei im Gebüsch versteckte Motorräder warfen, und davon stanken. «

Der Hauptmann hatte interessiert der Schilderung des Gefechtes gelauscht, nahm jetzt einen größeren Kognak, und Stürenburg fuhr fort :

» Mein erstes war, durch das geheimnisvoll gerichtete Fernrohr zu sehen : es zeigte mitten auf die Haustür ! Ich läutete den Besitzer heraus. Ein langer dürrer Mann, aschgrau vor Angst im Gesicht, erschien. Nachdem ich ihn informiert hatte, zog er mich flehend in die Tür, verriegelte hinter sich, und berichtete kurz : er sei Jude; und sein Haus würde seit drei Tagen von verkleideter Gestapo bewacht, die nur darauf warteten, daß einer seiner längst gesuchten Verwandten sich zu ihm stehlen wollte. Dann sollte auch er ‹ abgeholt › werden ! Als er erfuhr, daß seine Wächter in die Flucht geschlagen seien, bat er mich – zitternd am ganzen Leibe, der arme Kerl : es ging ja auch buchstäblich um sein Leben ! – ob ich ihn nicht rasch im Auto zur nahen holländischen Grenze befördern könne ? Auf meine Einwilligung hin, rannte er treppauf, und kam sofort mit dem längst bereitgehaltenen Köfferchen zurück. «

Der Hauptmann, nicht direkt Antisemit, aber immerhin jedem vorgeschriebenen Gesetz gehorsam zu sein erzogen, knurrte unbefriedigt; während der gutmütige Dettmer fleißig nickte.

» Ich fuhr wie der Teufel die Straße nach Provinzialmoor. Er plapperte neben mir unaufhörlich, krankhaft nervös; zeigte auch ängstlich nach allen möglichen Vogelscheuchen. Ich machte vorm Schlagbaum die Kurve; er lächelte herzbrechend tapfer zum Abschied; und ich rollte nachdenklich wieder durch das flache Land zurück. Während ich noch in Meppen mit dem Leiter des Katasteramtes kopfschüttelnd den raren Fall besprach, wurde plötzlich die Straße voller Motorengeräusch; vier schwarzen Limousinen entstiegen gute zwanzig SS-Männer und umstellten die Eingänge : ich mußte mit. – Ja, natürlich; Hagemann auch. – Wir wurden zwar ein paar Tage später wieder entlassen, da unsere Unschuld an der Prügelei unschwer nachzuweisen war; und von meiner Beihilfe zur Flucht des unglücklichen Mannes schienen sie gottlob nichts zu ahnen ! Immerhin wurde ich durch eine ‹ Verfügung › meines Amtes enthoben – später sogar pensioniert : keine Bemühung meiner Vorgesetzten hat etwas genützt. « Er hob die breiten Augenbrauen und fluchte bei der Erinnerung noch heut durch die Nase.

» Das für mich Niederschlagendste war, daß ich in jenen Tagen zusätzlich noch die Zeitungsanzeige vom Tode dieses betreffenden jüdischen Arztes lesen mußte. Da ich nichts zu tun hatte, kaufte ich einen Kranz und legte ihn am noch offenen Sarg nieder – er war in seiner Villa aufgebahrt, lang und dürr. Man hatte ihn also nicht durch die Grenze gelassen. «

Von Dettmer und der Tante kam ein gerührtes » Tsts « ; der Hauptmann trank ehern; und Emmeline streifte sich zappelig den Rock höher : sie hätte ihn wohl über den Kopf ziehen und ins Wasser springen mögen. Aber noch sog Stürenburg unerbittlich an seiner Havanna :

» Merkwürdig war nur, daß ich 14 Tage später aus England einen eingeschriebenen Brief erhielt : darin ein begeistertes Dankschreiben meines Arztes, und – mein Führerschein ! Er hätte sich keinen anderen Rat gewußt, beichtete er, als ihn während unserer Fahrt aus dem Fach am Schaltbrett zu expropriieren : mit ihm sei er anstandslos durch den Schlagbaum gelassen worden ! Es stimmte auch; denn er hat mir später immer wieder dankbar geschrieben; zur Zeit lebt er in den USA und will nächstes Jahr auf Besuch kommen. «

» Ja aber – « wandte der Apotheker betroffen ein » – ich denke Sie haben ihn doch damals im Sarge gesehen ? ! « und auch wir Anderen nickten verwirrt.

Stürenburg zuckte nur die Achseln : » Was weiß ich ? Vielleicht hat der SS-Führer, der ja wohl auch, wie damals üblich ‹ mit seinem Kopf › für den Erfolg des Auftrages einstehen mußte, seinen ganzen Sturm antreten lassen; « er zuckte die Achseln : » – vielleicht hat ihm Einer zu ähnlich gesehen ? «

Er breitete die Hände und stand gewichtig auf. » Ja aber – « schnarrte der Hauptmann betroffen; » Ja aber – « sagte die Tante unzufrieden; » Ja aber – « dachten der Apotheker und ich uns in die überraschten Gesichter. Nur Emmeline schien mit dem Ausgang der Geschichte sehr zufrieden. Vielleicht auch nur, weil sie überhaupt zu Ende war ?

# KRAKATAU

(Am 26. und 27. August 1883, vor 75 Jahren, erfolgte die größte aller historisch bekannten Katastrofen).

2 Sprecher, A. und B.,
verschieden an Tonlage und Temperament.

*A.:* Sonntag und tropische Mittagshitze in der Südsee : » das weiße Meer ist eingeschlafen, / und purpurn steht ein Segel drauf «,

*B.* *(einfallend):* Es sind sogar *mehrere* Segel; denn obwohl die Boote der eingeborenen Fischer längst auf den Strand gezogen wurden, und ihre Eigentümer Siesta halten, ist die Sunda-Straße – einer der Hauptverkehrswege unseres Globen – immer belebt.

*A.* *(wieder aufnehmend):* Und Kommodore LINDEMANN, vom holländischen Dampfer GOUVERNEUR-GENERAAL LOUDON, kann, wenn er gähnend das Doppelglas vor die Augen hebt, zumindest noch 2 Mastspitzen in der Ferne wahrnehmen : beide streben, von Nordwest beziehungsweise Südwest her, auf den sich zwischen Sumatra und Java verengenden großen Schiffahrtsweg zu. – Und wieder die gleißende Stille jenes 26. August.

*B.:* Gegen 14 Uhr beginnt ein dumpfes Rollen im Nordosten, wie wenn schwerkalibrige Schiffsgeschütze übten – aber schon nach wenigen Augenblicken zieht Kommodore Lindemann die Stirn : *so* schnell schießt Niemand, und wenns ein ganzes Geschwader wäre; das ist noch nicht erfunden : ein Salventakt von nur 1 Sekunde Abstand !

*A.:* Gleich darauf bildet sich etwas am Horizont, » Wolken vergleichbar «, das sich langsam höher schiebt; bis, gegen 17 Uhr, der ganze Himmel damit überzogen ist.

*B.:* Gleichzeitig vernimmt man ein knisterndes Geräusch in der Atmosphäre; und die Kompaßnadel beginnt zu tanzen. Es wird immer finsterer; und der Kommodore beschließt, solange das bißchen Sicht noch anhält, lieber linker Hand in die Bucht von Lampong einzulaufen, und dort vor Anker zu gehen.

*A.:* Und der Himmel ist entsetzlich geworden ! Erfüllt mit klumpigem Schwarz, aus dem in rasender Folge Blitze wimmeln : » Weiße Riesenschlangen auf tintigem Grund «, notiert einer der Offiziere.

*B.:* Schon atmet man schwerer, denn feinster Staub erfüllt die Luft des zur Nacht gewordenen Tages; greifbar geht Geruch um : nach glühender Asche, und wie Schwefelflammen.

*A.:* Dort im Südosten steigen » Feuerketten « in die Luft; ganze Katarakte weißglühender Bälle. Vorsichtshalber lotet man die Tiefe um das geängstete Schiff – die ist zwar noch konstant, und stimmt mit den Angaben der offiziellen Seekarte; aber als man das Bleilot, aus 200 Metern Tiefe, in die Hand nimmt, ist es so heiß, daß es den zuckenden Fingern entfällt !

*B.:* Und überall in der Sunda-Straße beginnen Szenen, wie wir sie atemloser und makabrer nicht aus Coleridge's ‹ Ancient Mariner › kennen, oder dem ‹ Gordon Pym › des sehr großen Edgar Allan Poe :

*A.:* Denn der Donner, in der oberen Luft, wie unten in der Erde, hat jedes Maß überschritten ! Masten, Rahen und Aufbauten wimmeln plötzlich von St. Elms-Feuern, unruhigen, zuckenden . . .

*B.:* Und die farbige Besatzung verliert alle Fassung : sie huschen, braun und zartgliedrig, umher, von einem der blaßblauen Flämmchen zum anderen, und schlagen sie mit den Händen aus; die eingeborenen Heizer verlassen ihre Kesselfeuer, und helfen bei dem Geschäft, die schwefligen Kleindämonen zu ersticken.

*A.:* Gegen Abend ertönt es wie schwerste Tritte über Deck, als gingen – dann liefen; dann rennten – Giganten :

Bimssteinklötze sind es, erst faustgroß, dann wie Kürbisse, und brennend heiß dazu !

*B.:* Um Mitternacht beginnt ein Regen zu fallen; aber kein Regen gewöhnlicher Art : ein Gemisch aus Wasser und phosphoreszierendem Schlamm sinkt hernieder; rieselt emsiger; wird zum Wolkenbruch . . . . .

*A.:* Und damit beginnt eine neue lugubre Arbeit für die Besatzung : es heißt *schnell* schaufeln; denn die Materie fällt so dicht, daß es sind : in 1 Minute 1 ½ Zentimeter; 20 pro Viertelstunde; einen Meter dick wäre die Schicht innerhalb einer einzigen Stunde geworden, und hätte den Dampfer unweigerlich versenkt, hätten sie nicht geschaufelt, blitzumzuckt, in Schwefelqualm und Donner, wie die Rasenden !

*B.:* Gegen Morgen wird es ein wenig ruhiger – aber nur ein wenig. Immer noch fällt, obwohl leichter, der Aschenregen, der Bimssteinschauer; immer noch reißt es in der Schwärze und schlitzt wie riesige Messer; immer noch tanzen die Korposanten.

*A.:* Aber dafür hat sich ein neues, beunruhigendes Phänomen hinzugesellt : von Zeit zu Zeit kommen Wellenfronten an – wenige Fuß hoch, gewiß; und in dieser Gestalt unschädlich. Vorsichtshalber läßt man sämtliche Bug- und Notanker nieder, und hält so das große Schiff gegen die Wogen.

*B.:* Der Morgen bricht an – noch immer trübe; aber es wird doch allmählich stiller; und man atmet auf.

*A.:* Atmet auf. – *(bedeutsam):* Atmet auf – – : bis um 5 Uhr 30 des 27. August es über die Wasser her rollt, mit einer bisher unvernommenen Lautstärke; sich wiederholt um 6 Uhr 44; – betäubt, mit aufnahmeunfähigem Trommelfell, stehen die wetterharten Seeleute . . . .

*B.:* Um 10 Uhr 2 Minuten Ortszeit weckt sie – die schon nicht mehr hören zu können vermeinten – ein Schall, einzigartig in der Geschichte unseres Planeten, als bräche das Firmament zusammen !

*A.* *(leiser):* der sich 50 Minuten später noch einmal, jedoch wesentlich schwächer, wiederholt. –

*B.:* Um 10 Uhr 2 Minuten also, am 27. August 1883, erfolgte jenes Ereignis, jene Katastrofe größten Ausmaßes, von der die von Menschen niedergeschriebene Geschichte weiß – das einzige bisher bekannte, *globale* Geschehnis, das der gesamte Erdball verspürte. – Immer noch das größte; trotz aller unserer Atombombenversuche.

*A.:* Was war geschehen ? –
Längst hatte man gewußt, daß sich, über Java als Zentrum hinweg, ein großer sogenannter »Grabenbruch der Erdrinde « hinziehe.

*B.:* Auf der einzigen Insel Java kennt man 49 Vulkane, darunter diverse ‹ Viertausender › : mehr als die Hälfte davon hat man in der relativ kurzen Zeit der europäischen Ansiedlung – was sind im Geologischen schon 300 Jahre – in Ausbrüchen beobachtet; ein Teil davon befindet sich in ständiger Tätigkeit. Heiße Quellen, Schlamm- und Dampf-Ausbrüche überall; Erdbeben sind nichts weniger als selten; und diese Kette von tätigen Vulkanen setzt sich fort, nach Westen über Sumatra; nach Osten bis Flores und Timor.

*A.:* Und senkrecht zu dieser Ost-West-Linie unterirdischer Tätigkeit verläuft von Nord nach Süd eine zweite tiefe Spalte, längs deren sich die unterirdischen Kräfte manifestieren – beide kreuzen sich inmitten der flachen, selten über 200 Meter tiefen, Sunda-Straße in einem Punkt . . . . . :

*B.* *(laut): KRAKATAU ! ! ! – – – (nach einer Pause): – –*

*A.:* Und es war praktisch das erstemal, daß der wohlklingende Name . . . . *(wie kostend): » KRAKATAU « . . .* . . . der Menschheit geläufig wurde.

*B.:* 300 Jahre zuvor waren holländische und spanische Entdecker dem grünen Bergeiland vorüber gereist – der höchste seiner Gipfel hieß in der alten Kawi-Sprache Javas ‹ RAKATA ›; das heißt eine ‹ Krabbe › – wer weiß, warum ?

*A.:* So beschreiben die alten Reisenden die 4 kleinen Inseln der Gruppe : kein Unterschied gegenüber den andern Landhäufchen der Sunda-Straße; bedeckt mit allergrünster Vegetation; unbewohnt von Menschen; nur selten besucht ein Fischer oder Kokosnußsammler die verträumten Buchten.

*B.:* Dennoch scheint es, als habe im Jahre des Herrn 1680 dort eine Eruption stattgefunden; wenn man den mageren Berichten Vogels und Hesses trauen darf.

*A.:* Zumindest aber war innerhalb der letzten Jahre – also seit 1880 – die Insel irgendwie ‹ verdächtig › geworden. Die seit mehr als zweihundert Jahren scheinbar eingeschlummerten subterranen Kräfte hatten begonnen, sich zu regen; Erdstöße waren häufiger geworden, und am 20. Mai 1883 hatte bereits ein erstes Beben Batavia wachgerüttelt, begleitet von allerlei minderen akustischen und optischen Phänomenen.

*B.:* Am 11. August 1883 noch – also nur 14 Tage ‹ vorher › ; und man stelle sich das richtig vor : genau der bekannte » Tanz auf dem Vulkan «, wenn je einer war ! – besuchte Kapitän Ferzenaar, der Leiter der geographischen Abteilung in Bantam, die Insel; skizzierte ihre Küsten; sah Dampfsäulen; registrierte einen gewissen Schwefelgeruch. Auch schrieb er in sein Journal, daß die gesamte Vegetation der Insel verschwunden sei – nur ein paar vereinzelte Baumstämme noch ragten aus der Bimsstein- und Aschenwüste empor ....

*A.:* Aber das, wie gesagt, war auf einer Vulkan-Insel, wie Java, nichts ungewöhnliches. Bis eben ...

*B. (einfallend):* Bis eben zu jener Mammutexplosion vom Morgen des 27. August 1883 ! – Da muß, geologisch betrachtet, folgendes geschehen sein : –

*A.:* Die Ausbrüche vom Nachmittag des 26. waren von heftigen Lavaflüssen begleitet gewesen. Und, im Gegensatz zu den meisten sonst bekannten Vulkanen, lag Krakatau ziemlich niedrig; wurde also unschwer von Seewasser überflutet.

*B.:* Das heißt : die Lava, die ohnehin dazu tendiert, sich leicht oberflächlich abzukühlen – während im Innern die Rotglut noch lange erhalten bleibt – war durch den Einbruch des Meeres oberflächlich erstarrt; und hatte über dem Riesenschlot des Krakatau eine Art Pfropfen gebildet : daher die Pause im Ausbruch während des größten Teils der Nacht.

*A.:* Inzwischen aber hatte die Spannung der inneren Dämpfe stetig zugenommen; bis sie, in den Vormittagsstunden des 27., so stark geworden war, besagten Pfropfen zu lüften; erst anzuheben – und endlich, in einer letzten überdimensionalen Kraftanstrengung abzuschleudern.

*B.:* Das eben war der letzte, der entscheidende, Stoß von 10 Uhr 2 Minuten des 27. August 1883. Er, der alle die globalen Folgen verursachte, von denen im Folgenden die Rede sein wird.

*A. (wie nachdenkend):* 10 Uhr Ortszeit Krakatau ? : da ist es in Europa, um, sagen wir, Mitteleuropäische Zeit, rund 2 Uhr Morgens; also noch tiefe Nacht liegt über Berlin, Paris, London.

*B.:* Aber durch die Sunda-Straße rennt bereits die riesige Wasserwand ! –

*A.:* In Merak, 50 Kilometer entfernt, war sie höher, als die Bauten unserer westlichen Großstädte : 45 Meter hoch überrannte sie Strand und Ortschaften; bis 30 Meter Höhe wurden die Ufer rasiert : 36 380 Menschen ertranken; sämtliche Städte und Orte längs der angrenzenden Küsten, bis tief nach Nordaustralien hinein, wurden zerstört; die Leuchttürme weggeschwemmt – wochenlang danach noch war die Sunda-Straße, schon aus Mangel an Orientierungsmöglichkeiten, unpassierbar.

*B.:* In Batavia, 250 km entfernt, erlosch am hellen Mittag die Sonne, und Lampen mußten angezündet werden. Fenster und Türen barsten; die Mauern bekamen Risse; sämtliche Gas- und Wasserleitungen setzten aus. In

Buitenzorg sprang ein ganzer Gasometer aus seinem Stahlgehäuse!

*A.:* Auf Ceylon, 3000 km entfernt, begann das Wasser im Hafen zu schäumen; Boote und Schiffe wurden an den Strand geworfen; der Hafenintendant verfaßte einen entsetzten Bericht.

*B.:* In Rodriguez, *4500 km entfernt* heißt es : » Hauptwachtmeister Wallis beobachtete am 27. August um 13 Uhr 30 im Hafenbecken eine höchst merkwürdige Erscheinung : die See sah aus, als kochte sie heftig auf; und die im Wasser befindlichen Boote kreiselten in allen denkbaren Richtungen. An sich war Ebbezeit, aber unversehens stieg das Wasser um 2 Meter; und floß mit einer Geschwindigkeit von gut 20 km in der Stunde – ich habe es dergestalt nur über Mühlenwehre hinschießen sehen ! Gleich darauf sank der Wasserspiegel um den gleichen Betrag; und alle Riffe erschienen in einem Maße, wie ich mich nicht erinnern kann, es je während meiner zwanzigjährigen Dienstzeit wahrgenommen zu haben ! «

*A.:* Aus Port Elizabeth in Südafrika – also auf der anderen Seite des Indischen Ozeans ! – berichtet der Kapitän eines der großen Postdampfer, die dort vor Anker lagen : » Mein Schiff, die HAWARDEN CASTLE, lag in der Algoa Bay. Gegen 8 Uhr 30, am 27. August, bemerkte ich, daß sich plötzlich die Ankerkette bis zum Reißen spannte, so daß ich sofort in aller Eile einen zweiten Anker auswerfen ließ. Der Pegel zeigte eine Schwankung von mehr als 4 Fuß; und sie wiederholte sich viermal. «

*B.:* Das war die große Flutwelle des Krakatau, die spürbar wurde, bis nach Europa hin, und den Pegeln des Ärmelkanals.

*A.:* Zuvor jedoch noch war der *Schall* um den Erdball gereist ! – In Singapore » war keinerlei telefonische Verständigung mehr möglich; sobald man den Hörer abhob, vernahm man ein Brausen, wie von einem Wasserfall; wenn man aus Leibeskräften schrie, hörte man zwar, daß Jemand am anderen Ende sprach, verstand jedoch kein Wort. «

*B.:* In St. Lucia Bay auf Borneo hatten die Eingeborenen gerade einen Missionar ermordet; und verließen fluchtartig ihre Dörfer, weil sie dachten, von allen Seiten sammelten sich die verhaßten Weißen zur Vergeltung.

*A.:* Auf Diego Garcia, 1800 km entfernt, hielt man den Donner für Schüsse eines Schiffes in Seenot, und ließ die Boote auslaufen, um den Bedrängten Hilfe zu bringen.

*B.:* In Acheen auf Sumatra, 1600 km entfernt, dachte der Kommandant der Garnison, ein Angriff erfolge auf sein Fort; und alarmierte die gesamte Besatzung für viele Stunden.

*A.:* In Alice Springs, inmitten Australiens, hörte der Telegrafist Geräusche wie von Gewehrsalven, und meldete das unbegreifliche Ereignis weiter; das gleiche wurde aus Manila, Bangkok und Neuguinea berichtet.

*B.:* Auf der Insel Rodriguez, vor der afrikanischen Ostküste, in einer Weite von 4500 km, vernahm man das Gerolle, wie schweren Donner, oder Notschüsse von strandenden Schiffen.

*A.:* Und man vergesse nie, daß es sich dabei um eine Entfernung handelt, als hörten *wir* einen Knall aus NEW YORK : das ist bisher, gottlob, noch nicht der Fall gewesen; obwohl wir nichts verreden wollen !

*B.:* Staub fiel allerorten vom Himmel – unverkennbar vom Krakatau; denn die Gelehrten waren, und unter Risiko des eigenen Lebens, begierig gewesen, die Natur der dortigen Gesteine sogleich mikroskopisch, in Dünnschliffen, zu erforschen; – die meisten Daten kamen hier von Schiffen, fern im Indischen Ozean, von den Kerguelen bis hin nach Aden. Die größte Entfernung, bis zu welcher die Aschen- und Bimssteinschauer reichten, betrug 6000 Kilometer in Richtung West-Nord-West – war doch eine Gesteinsmasse zerstäubt worden, die achtzehn Riesenblöcke ergeben hätte, jeder 1 km breit, 1 km lang, 1 km hoch : *dreiviertel der Insel waren verschwunden !*

*A.:* Zur gleichen Zeit ging, vom Krakatau als Zentrum aus, eine Luftdruckwelle um den Erdball : mit einer Geschwindigkeit von 1200 Kilometern pro Stunde schnellten allerorten die Barometer hoch um 63 Millimeter; und fielen Herzkranke um; bis zu den Antipoden . . . .

*B. (einfallend):* die in diesem Fall bei Bogotá in Südamerika lagen : innerhalb von 17 Stunden verdichtete sich dort ein Luftdruckknoten; zerfloß wiederum in entgegengesetzter Richtung – und umreiste dergestalt *siebenmal* den Erdball, ehe die Atmosphäre wieder zur Ruhe kam !

*A.:* Die Magnetnadeln in den Observatorien sämtlicher Kontinente begannen zu zucken, sei es in Deklination oder Inklination, in durchaus ungewöhnlichen schnellen Schwankungen; in Pará – Südamerika – waren die einzigen nennenswerten Nadelausschläge des Jahres 83 die vom Tage des Krakatauausbruchs. –

*B.:* Aber das war alles nichts, gegen das, was folgte. – Nie noch hatte auf der Erdoberfläche eine auch nur annähernd ähnlich starke Explosion stattgefunden; nie noch waren Staub- und Aschenteilchen in gleiche Höhe getragen worden : 700 km weit hatte man die Rauchsäule wahrgenommen ! Und der Himmel selbst entzündete sich; verfinsterte sich; erzeugte Farben wie sie nie zuvor ein Menschenauge gesehen hatte !

*A.:* In den letzten Augusttagen des Jahres 1883 registrierte das Schiff EUTERPE aus dem Südatlantik einen Sonnenaufgang, mit *vier Ringen* um das Gestirn !

*B.:* Grün ging die Sonne auf; strahlenlos und platt. – Am 3. September meldete Kapstadt : » Seltsamste Morgen- und Abendröten ! Um 18 Uhr 50, mehr als 1 Stunde *nach Sonnenuntergang*, Rosenlicht wie von einer Riesenfeuersbrunst; Ende erst gegen 19 Uhr 15. «

*A.:* Medellin in Spanien : » Am 3. September ging die Sonne *violett* auf. Wurde dann *blau*; und anschließend *grün*. «

*B.:* Das Observatorium in San Salvador, Südamerika, berichtete aus den letzten Novembertagen : » Der Mond stieg auf, und zwar bis zu einer Höhe von 15 Grad überm Horizont smaragdgrün; das Ganze wie auf einem Riesenvorhang von Karminrot, den nur Venus sonst noch zu durchdringen vermögend war, aber ebenfalls grün erschien. So stark war das Licht, daß Sterne erster Größe unsichtbar blieben. «

*A.:* Aus unserem deutschen Berlin schrieb Professor Helmholtz von den Abenddämmerungen des 28., 29. und 30. November 1883 : » Gegen 16 Uhr Untergang der *grünlichen* Sonnenscheibe. Anschließend ungewöhnlich hellroter Himmel mit auffälligen Lichtbalken im *Südwesten* ( sic ! ) . Um halb fünf lagen alle Straßen Berlins in einem seltsam bernsteinhaften Schein, als sähe man sie durch ein gelbes Glasstückchen. Dann folgte Dunkelheit, und die ersten Sterne wurden sichtbar. Eine halbe Stunde *danach* jedoch, weit nach 17 Uhr, färbte sich der Westhimmel erneut karminrot, oder präziser, wie ein dunkles Rosa. Man sprach allgemein entweder von einem Großfeuer; bzw. Andere, die sich über die Himmelsrichtung nicht klar waren, von einem ‹ Nordlicht › . «

*B.:* Die ‹ Bishop's Ringe › um Sonne und Mond wurden, zumal in den angelsächsischen Ländern, zum Begriff; seitdem Mr. Bishop sie aus Honolulu am 5. 9. 83 zum erstenmale gemeldet hatte.

*A.:* Als die nächste Mondfinsternis, ein volles Jahr später, erfolgte, verzeichnete Stone, Astronom der Sternwarte Oxford, kopfschüttelnd : » Es war die mit weitem Abstand dunkelste Verfinsterung, die mir je vorgekommen ist. Im verschatteten Teil des Mondes war schlechterdings *nichts* sichtbar; keine Spur des sonst üblichen » kupferfarbenen Lichtes «; nicht einen Einzelkrater vermochte ich darin zu unterscheiden. «

*B.:* Die Ursache all dieser bezaubernden Schleiertänze von Himmelsfarben und zarten Luftgestaltungen war feinster Vulkanstaub aus dem Krakatau ! Bis in Höhen von 50 km war er ausgeblasen worden; und wurde nun dort oben, schwebend in den kaum merklichen Ausgleichsströmungen, monatelangsam sinkend, um die ganze Erde getragen : von Transvaal bis Island sahen die staunenden Zeitgenossen die Bleischeiben der Sonnen, die grasgrünen Monde, Halos von wunderlichster Gestalt; und endlich, wenn längst hätte tiefe Nacht sein müssen, das Super-Alpenglühen der höchsten der Staubdecken. –

*A.:* *Nie* war dergleichen gesehen worden ? ?

– Jetzt erst, aufmerksam gemacht durch den einundeinzigsten Krakatau, fiel klärendes Licht auf all die Berichte mittelalterlicher Chroniken, die von » kämpfenden Heeren am Himmel « gesprochen hatten, und » Blutmeeren « : zu den Kometen und Nordlichtern, die man bisher als vernünftige Erklärungsversuche herangezogen hatte, mußte man neuerdings also auch *das* noch einkalkulieren : in die Stratosphäre getragener Vulkanstaub !

*B.:* Und schon erinnerte man sich weiterer Phänomene, die plötzlich in neuem Licht erschienen : einst, am 19. 6. 1783, waren aus ganz Norddeutschland alarmierende Nachrichten eingelaufen, von einem ‹ Heerdrauch ›, wie er in solchem Ausmaß noch nie gleich lästig registriert worden war. Sonne & Mond verloren ihren Schein; Pflanzen waren morgens mit ‹ Meltau › belegt und begannen zu kümmern.

*A.:* Aberglaube aller Art regte sich; und um ganz sicher zu gehen, forderte man ein Gutachten der Universität Göttingen an, das der hochangesehene Hofrat und glänzende Schriftsteller, der Professor für Mathematik und Physik, Georg Christoph LICHTENBERG, nach Prüfung der Sachlage gern ausstellte : Schuld an all dem Genebel waren die armen Kolonisten im Bourtangermoor, an der holländischen Grenze und anderwärts, die im Juni

Feuer anzulegen pflegten, um ihre Sümpfe für ein paar Jahre ertragsfähig zu machen : der schwere Qualm dieser wochenlang schwelenden Brände sei es, der, von den in Norddeutschland vorherrschenden Westwinden landeinwärts getragen, solche bedauerlichen Erscheinungen erzeuge.

*B.:* Leider nur erklärte die gutgemeinte Theorie eines nicht : etwa wieso im Languedoc *Südfrankreichs* die Sonne wochenlang erst dann sichtbar wurde, wenn sie höher als 27 Grad überm Horizont stand; anschließend für den Rest des Tages rot erschien, und so matt, daß man mit unbewehrtem Auge hineinsehen konnte.

*A.:* Oder warum ähnliche Berichte sowohl aus *Schweden* kamen, wie auch von der Nordküste *Afrikas* – aus Asien, Amerika und Australien ging damals noch keine Post nach Göttingen; sonst wäre Professor Lichtenberg doch wohl aufmerksam geworden.

*B.:* Nunmehr, fast genau 100 Jahre später, erinnerte man sich, daß damals, zwischen Ende Mai 1783 und dem 18. Juni, der Vulkan Skaptar Jökull auf Island in einer Kette maßloser Explosionen in die Luft geflogen war; worauf sich – mögen die Moorbrände redlich das ihrige dazu beigetragen haben – pünktlich all die heute schon beschriebenen Phänomene einstellten; damals freilich noch unbeachtet und verkannt, auch im Ausmaß geringer; dennoch eine sehr vergleichbare historische Erscheinung. –

*A.:* 75 Jahre sind es jetzt her, daß dort, fern unterm Äquator, der Berg zerbarst; Wasser und Winde um die Erde pendelten; Schiffe mühsam durch Bimssteinfelder pflügten; und der Schall bis zu den Antipoden reiste.

*B.:* Daß 50 Tausende starben; während die Magnetnadeln verzückt tanzten, und die Gestirne erröteten und ergrünten – ein Tag, wohl wert, daß die Menschheit seiner gedenke : des 27. August 1883 –

*A. (einfallend):* und des donnernden Namens :

*K R A K A T A U ! !*

# DER PLATZ, AN DEM ICH SCHREIBE

MEFISTA, *( in männlicher Tracht; Faust präsentierend ) : . . .* : der Herr ist Autor.

SORBIN, *( jung, 15-jährig, in anmutig gebrochenem Deutsch ) :* Was iest ain ‹ Au-torr › ?

MEFISTA, *( rasch gefaßt ) :* Ein Autor ? : ist Derjenige dem ‹ ein Stock im Petticoat › beim Anblick dessen einfällt, wozu ein Leser zeitlebens ‹ Schirm › sagt.

ARNO SCHMIDT, FAUST, IV. Teil, Szene 16

Als ich hier einzog, besaß ich, u. a., auch 2 alte Schreibtisch-Seitenschränkchen – die Platte, die darüber gelegen hatte, war alt, und hatte sowieso nie genau gepaßt; ( obwohl sie beste Dienste geleistet hat, wohlgemerkt; und sogar noch leistet; ich habe viel historischen Sinn – » *zu* viel « wird Mancher murmeln; Der kennt dann nur FOUQUÉ ) – und infrage kam nur die 1 Dachstubenecke, die schräge Wand nach Nord, das Giebelfenster nach Ost. Da kam mir – ich will es nur gestehen; es war, als die Maurer auch ‹ improvisierten › und die eingefrorene Pumpe mit Tapetenresten auftauten – der Einfall, ebenso billig wie genial : beim Tischler eine dicke Sperrholzplatte zu bestellen, 2 × 2 Meter; aus der einen Ecke wurde ein Viertelkreis, Radius 1 Meter 20, herausgesägt; und fertig war die allerschönste Schreibfläche, ‹ Limba ›-bezogen, ein Hölzernes Meer von 3 Quadratmetern !
Denn ich brauche Platz. Nicht für meinen Bauch, ( einen Artikel, in dem ich wenig vermag ) ; sondern für Zettelkästen, Mappen, und vor allem die Tisch-Bibliothek, im Viertelkreis um mich aufgestellt, haarscharf-dergestalt, daß ich sie, ungestüm-vorgebeugt, noch erreichen kann – ich hab' lange Arme ! Es sind mit nichten immer dieselben 70 Bände.

Ich unterscheide da streng 2 Abteilungen : den ‹ festen › Bestand, und den – je nun, ich sage in der Schnelle, ‹ fließenden ›.

Der ‹ feste Bestand ›, das sind natürlich die kleineren Nachschlagewerke. Einmal Wörterbücher – ich übersetze ( und fleißig, obwohl ich das selbst sage ) aus dem Englischen und Amerikanischen, und es sind immerhin schon 20 Bände – ein untersetzter WEBSTER von 1854 ( und das ist wieder einmal mehr *keine* Posse : ich besitze speziell diesen Jahrgang, weil ich COOPER-Fachmann bin; und immer noch die Hoffnung hege, daß meine Übersetzung des ‹ Conanchet › doch einmal erscheinen werde; worauf man mich ja, unvermeidlich begeistert, sogleich mit der ‹ Littlepage-Trilogie › beauftragen würde, wenn nicht gar mit den ‹ Monikins ›. Und da COOPER 1851 starb, enthält der genannte WEBSTER genau seinen Wortschatz ! ) der MURET-SANDERS, PARTRIDGE, undsoweiter undsoweiter. Das, in diesem Zusammenhang zu erwähnende, Buchderbücher freilich – ich meine die ENCYCLOPAEDIA BRITANNICA – steht, mit ihren 16 Dünndruck-Doppelbänden, hinter mir; dazu muß ich leider aufstehen; wer wohnt schon vollkommen ? Geschichts- und Hand-Atlanten. Der THESAURUS LOGARITHMORUM mit seinen 10 Dezimalen ( ‹ semel in anno licet insanire › ) . Der komplette BRÜMMER ( einen GOEDEKE oder den neuen KOSCH kann ich mir nicht leisten; und wie ich den FRELS vermisse, mag ich gar nicht sagen ! ) . Neben den beiden Jahrgängen des KÜRSCHNER, 1908 und 24, ein ‹ Handbuch der Pilzkunde › – man lebt nicht ungestraft ‹ auf dem Lande ›. Literaturgeschichten : für die ältere Zeit bediene ich mich, nach langer Prüfung, kurioserweise des Wolfgang MENZEL; für die neuere des unvermeidlichen SOERGEL; für die neueste – ach, wissen Sie, wenn man selbst das Frou-Frou miterzeugen muß ..... An Konversationslexika sehe ich auf dem Tisch nur den kleinen KNAUR; tcha, und dann – ich weiß, es gilt vielerorts als ‹ unpatriotisch › – das 8-bändige DDR-Lexikon. Nicht, daß ich die oft bestialische Vernageltheit seiner Urteile über Kunst teilte; aber die Daten sind vorbildlich genau, und das Material über

den ‹ Ostblock › durchaus unverächtlich – ich kann mir nicht helfen; ich laß' es jedenfalls erstmal stehen.
Und nun 1 ausgesprochener Akt der Selbstverleugnung – es ist ein bisher noch viel zu wenig gewürdigtes Kapitel – meine ‹ Namensquellen ›. Es ist nämlich ‹ bei Schriftstellers ›, zumal bei deutschen, wo es nach heiliger Tradition pausenlos heißt ‹ dicht-Er & denk-Er › ! , so, daß man laufend viele Namen benötigt; bald wohlklingende, bald banale. Meist weiß man ( bei häufig auftretenden Hauptpersonen, um sie mit *einem* akustisch-fonetischen Zug sich selbst und dem Leser unverwechselbar zu malen; bei Nebenfiguren, um sie rasch und ohne Arbeit, aber dennoch solide, zumindest verantwortbar-ausreichend, zu ‹ erledigen › ) wieviel Silben der betreffende Name haben muß, um in den Takt des Satzes zu passen; also auch, welche dieser Silben betont sein muß, wer es nicht lassen kann, mag an ‹ Penultima › denken; selbst die Vokalharmonie liegt innerhalb ziemlich enger Grenzen fest. Es wäre schon je 1 Monografie wert, bei jedem Dichter seine Hilfsmittel in dieser Beziehung zu untersuchen; bei Fouqué war es Johannes von Müller. ( Bei mir – ich will kommenden Kommenden die Mühe erleichtern – ist es so, daß ich – soll ich die Bosheit besitzen, und hinzufügen ‹ unter anderem › ? – für *deutsche* Namen das Register des ‹ Hannoverschen Staatshandbuches für 1839 › verwende, ( es enthält immerhin 80 000 zur Auswahl ) ; für ausländische den ‹ Regenhardt; Geschäftskalender für den Weltverkehr, 1927 ›. Da es nun immer Leute gibt, die es lieben, unnötige Fragen zu stellen, erwidere ich auf deren ‹ Warum ? › : der Regenhardt lief mir zu; er kostete nur 50 Pfennig, und erwies sich dann als sehr praktisch; für Hannover verweise ich, mit abwehrend gewölbten Brauen, auf mein ‹ Steinernes Herz ›. ) –
Der ‹ fließende › Bestand ändert sich, je nach dem Groß-Thema, das zur Zeit gerade ‹ dran › ist. Also wechselt Leopold Schefer ab mit Hippel; der mit Lukian oder Karl May; dann steht wieder einmal der Odysseus da ( des James Joyce natürlich; über ‹ Finnegans Wake › weiß ich zu

gut Bescheid, seit ich ‹ Bruder Stanislaus › übersetzt habe ! ). Neulich erschrak Einer, als er Jules VERNE so neben Gustav FRENSSEN sah .....

Allerdings ist es, trotz all der aparten Titel, so, daß ich *ganz* sorgenfrei, ‹ aus Wolluscht ›, überhaupt nichts mehr lesen kann : immer muß ich ‹ einen Aufsatz drüber schreiben › . – ( Darauf freue ich mich schon sehr : wenn einmal, irgendwann-einmal, ein Mäzen-oder-so auftauchen wird, der mir ‹ um-meiner-selbst-willen › – es ist schwer; ich weiß wohl; ich selbst würd's auch nicht tun – eine monatliche Rente von, nu, sagen wir, 500 Mark ‹ auswirft › ; und ich dann – ach, es fallen einem gleich Ausdrücke wie ‹ Lebensabend › ein, und ‹ buntgeblümter Schlafrock ›, ‹ The echoing Green ›, ‹ Der Schnee tröpfelte emsig vom Dach ›, ‹ Die Nacht wird kalt, sagte der alte Rudolph, vom Wetterfähnlein kreischte es herunter, die Eichen fangen zu rauschen an, lege mehr Holz an den Heerd, Alwin. › – tcha, und jetzt hab'ich natürlich den Faden verloren. )

Aber eines ist endlich – etwas spät freilich; und überhaupt ‹ wie lange noch ? › – erreicht : *ich sehe von meinem Schreibtisch aus den Mond aufgehen !*

Was das für mich bedeutet, davon machen sich wenige Menschen einen Begriff. ( *Aller*letzten Endes hat es wohl lediglich mit der Sehschärfe zu tun; ich habe, von Kindesbeinen an, so starke ‹ Minus-Zylinder ›, daß noch jeder Optiker vor rarer Freude aufgejauchzt hat, wenn er meine Brille unter's Meßgerät legte. Ich bin wegen meiner Selenomanie weder ‹ hyänenhaft feige ›, noch eine ‹ potentielle Verbrechernatur ›, wie viele meiner Gegner arg gern möchten – als wenn die Erde nicht groß genug wäre, daß wir Alle darauf Unrecht haben können ! Neinein; ich gehöre wirklich nicht ins Irrenhaus; obwohl ich seit meiner Geburt natürlich darin lebe. )

Zugegeben, ich sehe auch die Sonne aufgehen; aber zu dem blutigen Küchenmädchen habe ich nie ‹ ein Verhältnis › gehabt. ‹ Sonn'naufgang › ? Was heißt'nn das schon ? ! Einer steht aufrecht, wie ein Wacholder; drei Wolkendamen liegen, in grauen schicken Mänteln, flach, ( der Einen läufts hinten rot raus, brrr ! ) . Gewiß, sie gibt Licht, und vermindert die Zahlungen an den Stromversorgungsverband Osthannover und die Kohlenhändler; aber damit ist es auch gut. – Wogegen der Mond . . . . .

Wenn ich also, im strapaziödesten Keinerlei des Vokabeljätens, dem Broterwerb, dem cash-as-cash-can, befangen, nach 14 Arbeitsstunden, aufblicke – : dann ist aus dem Wälderkranz eine dunkelgraue Rundum-Borte geworden. Unten läuft eine Katze vorbei, mit einer Zitronenscheibe im Mund; ( sie hat Junge, daher diese, völlig verworrenen, Mutterinstinkte; wenn sie einen Hahnenkopf vom Nachbar anbringt, ist dessen abgesägter Suppen-Seitenblick schon erheblich fataler. ) Durch die Spreizhand – manchmal ist mir vom vielen Tippen, als wäre sie im Gelenk abgeschnürt – die mir die Brillenlemniskate zurechtrückt ( r gleich a mal Wurzel aus cosinus 2 phi; tatsächlich, ich kann's noch auswendig ! ) blinzt Jupiter als ‹ Zugabe ›. Wirklich verschmidt-ste Stücke sind nicht mehr möglich : aus ehrlicher Erschöpfung. Wer derart lange, unter Nes-Kaffee-Druck, an Joyce übersetzt hat, oder Faulkner, oder, noch schwieriger, ‹ Angria und der Weg dorthin › – ja, diesen ‹ schäbigen Rest › von 1 Menschen besieht man sich besser nicht mehr.

Und trotzdem tastet die Hand schon wieder nach dem Zettelkasten – 2 Sorten stecken, notizbereit, darin : DIN A 9 ( 37,16 mal 52,56 ) und DIN A 8 ( 74,33 mal 52,56 Millimeter ) ; und auch das ist wiederum nichts weniger als eine Pedanterie; sondern schlicht eine Frage der Erfahrung : es liegt am Temperament, wie lang die Stichwortreihe ist, deren man zur Notierung eines Eindrucks bedarf; und ein Zettelchen DIN A 8, hinten & vorn mit winziger Spitzschrift in Sigeln bekritzelt ( hi ! die vielen ‹ i ›-Zinken ! ) entspricht immerhin einer Buch-Viertelseite. – Also die Hand tastet. Auch nach einem der 20 sehr lang-scharf geschliffenen Bleistifte ( ‹ alte Rasierklingen › : das ist's ! ) ; ( und ‹ Nummer 2 › wohl; jedenfalls ‹ weiche › ) . Und schreibt :

»... 1 bleiches molkichtes Gesicht durch'n Kronsberg-Wald...

... flatterndes Volk zog auf marmornem Kreuzweg, stundenlang...

... Gegen Mitternacht erschien 1 Stück Mond im Himmel.... «

Aus der Beschaffenheit solcher Neuigkeiten auf den hohen Grad der Unschuld & Einfalt meines pastoralen Wortmetz-Daseins-hier zu schließen, wäre jedoch voreilig. Unser Schicksal heißt Turbulenz; heißt ‹ kompliziert leben › ; ( und das, im Bewußtsein jedes gebildeten Lesers prompt erscheinende ‹ Einfach-leben › ist nur eine wehmütig-unrealistische Formel, über die man schon im späten Rom resigniert gelächelt haben dürfte. ) Nach meinem Arbeitsplatz fragen Sie mich ? Was ich will ? Was ich bin ?

: Warten Sie, bis ich *nicht* mehr bin.

# NACHWORT

Weit über seine Leserschaft hinaus berühmt als Autor eines ›Großwerks‹, das – zumindest soweit sie nach der Wörterzahl meßbar sind – alle bisherigen literarischen Rekorde hinter sich läßt, hat doch auch Arno Schmidt einmal klein angefangen. Von den drei Erzählungen seines ersten, im Jahr 1949 erschienenen Buches *Leviathan* würde, transkribiert auf das Format von *Zettels Traum*, jede nur ein paar Seiten füllen, vielleicht fünf oder acht. Aber das nicht allein. Immer wieder hat Arno Schmidt, jedenfalls bis Mitte der sechziger Jahre, auch Erzählungen veröffentlicht, Erzählungen vom Umfang einer Kurzgeschichte bis zum Umfang eines Kurzromans. Obwohl Schmidt sich in dieser Zeit, über die Zwischenstation des 1960 erschienenen Romans *Kaff auch Mare Crisium*, systematisch an ein Erzählgerüst heranarbeitete, das jede beliebige Wörtermasse in sich aufnehmen und halten konnte, waren sie keine Nebenprodukte. Sie differenzierten und erweiterten vielmehr ein strukturelles Moment des Schmidtschen Erzählens, ohne das auch *Zettels Traum* undenkbar wäre: das Moment der subjektiven Situierung, der Rückbeziehung sogar gehäufter Wissensdaten oder völlig abstrakter Gedankengänge auf die Erfahrungen, den zeitlich und räumlich konkreten Lebensbereich dessen, der sie mitteilt – des Erzählers also.

Es war zunächst der Lebensbereich eines schon nicht mehr jungen Mannes, dessen Lebenslauf in den Jahren bewußten Lebens von NS-Zeit und Zweitem Weltkrieg bestimmt gewesen war und von dem Bemühen, dennoch die eigene Identität zu sichern, vom Bemühen zu überleben – intellektuell und physisch. Am 18. Januar 1914 in Hamburg geboren, hatte der zwanzigjährige Student der Mathematik und Astronomie sich aus politischen Motiven in die völlige Anonymität geflüchtet: Arno Schmidt wurde Angestellter in der Textilindustrie. Als Soldat war er Artillerist und Landvermesser. Von den Engländern kriegsgefangen, arbeitete

er als Dolmetscher. Als es überstanden war, forderte zunächst dieses Jahrdutzend Auseinandersetzung, und Arno Schmidt stellte sich der Forderung mit einer Konsequenz, deren nicht geringster Teil Rücksichtslosigkeit gegenüber der eigenen Person war. Er begann seine Arbeit als Schriftsteller unter Bedingungen, die ihm weiterhin gerade eben das Überleben ermöglichten. Und diese zähe tagtägliche Anstrengung des Überlebens, deren Inhalt nicht zuletzt die Vorstellung vom Untergang, vom Weltuntergang war, wurde ein Zentralthema seiner frühen Arbeiten, blieb eines seiner wichtigsten Themen. Dem Rationalisten, dem von den Naturwissenschaften stimulierten, konzessionslos Aufklärung suchenden Autor war dabei die im ersten Nachkriegsjahrzehnt so vielen fast selbstverständliche Ausflucht in Metaphysik und magische Weltvorstellung versperrt. Er wollte voraussetzungslos an das Wirkliche heran, an die Realität in seinen Erfahrungen, seinem Denken, seinen Vorstellungen. Nicht von ungefähr war es Arno Schmidt, der das wohl schwärzeste, wohl böseste Werk der deutschen Literatur, das singuläre Werk einer zu rabiat pessimistischen Folgerungen kommenden Variante der Aufklärung wiederentdeckt hat, den seit der ersten Ausgabe von 1776 nicht wieder gedruckten *Belphegor* von Johann Carl Wezel. Auf seine Anregung hin wurde die Phantasmagorie von der schlimmsten aller Welten 1965 neu herausgebracht.
Auch der Frage, wie denn überhaupt in unmittelbarer Auseinandersetzung mit Wirklichkeit, wie in der gegebenen historischen Situation und mit ihren Erfahrungsinhalten Erzählen noch und wieder möglich sei, hat Arno Schmidt sich gestellt. Spätestens in seinen direkt nach *Leviathan* erschienenen, nachher mit dem Roman *Aus dem Leben eines Fauns* (1953) zu der Trilogie *Nobodaddy's Kinder* zusammengestellten langen Erzählungen *Brand's Haide* und *Schwarze Spiegel* (beide 1951) hat Schmidt sich dieser Frage bewußt, geradezu systematisch konfrontiert. Und gegen Mitte der fünfziger Jahre hat er – in den *Berechnungen I und II* – die Ergebnisse seiner praktischen Erkundung auch theore-

tisch erläutert. Dabei ging er ebenfalls nicht von allgemeinen Erwägungen, sondern von sich selbst aus, von der Analyse seines konkreten Wahrnehmens und Erinnerns und von der erlebten Situation des Schreibens. Seine Frage galt also den Möglichkeiten, die Wahrnehmungen und Erinnerungen, auch Gewußtes, Gedanken, Träume und Spekulation so im Text umzusetzen, daß dieser ihre tatsächliche Erscheinungsweise nicht kaschierte, sondern ihr unmittelbar entsprach. Die Ergebnisse sind für Schmidts Erzählen, sosehr dieses sich auch kompliziert hat, bis heute gültig. Und sie verdeutlichen, daß noch zwischen einem erzählenden Feuilleton wie *Der Platz, an dem ich schreibe* und Schmidts Großwerken ein Zusammenhang besteht.
Sowohl die erinnernde Vergegenwärtigung fernerer Vergangenheit als auch die Erinnerung jüngster Vergangenheit demonstrierten Schmidt bei dem Versuch, über das ins klare zu kommen, was er in Prosa nun wirklich fassen konnte, daß der gewohnte ›Epische Fluß‹, ja schon die Vorstellung, menschliches Leben stelle sich zusammenhängend, wie ein Kontinuum dar, eine nur noch durch Gewöhnung legitimierte Fiktion seien. Statt sie zu erleichtern, behindere solche Fiktion die Absicht, Welt durch das Wort zu beschreiben und zu durchleuchten. Tatsächlich vermittle Erinnerung nämlich immer nur einzelne Bilder, um die sich dann ein sie erweiternder Hof bilde. Erzählerisch lasse sich dem nur durch die Formulierung und Addition von ›Foto-Text-Einheiten‹ in Form eines ›Foto-Albums‹ entsprechen. Ähnlich die Erinnerung an jüngste Vergangenheit, ja die Vorstellung von Gegenwart. Hier zeige sich, daß auch unmittelbar erlebtes Dasein von Erlebniseinheit zu Erlebniseinheit springe. Diese Einheiten hätten ganz unterschiedliche Bedeutung, von Tausenden täglich seien nur wenige bedeutungsvoll. »Aus dieser porösen Struktur auch unserer Gegenwartsempfindung ergibt sich ein löcheriges Dasein.« Die Absicht, dieses Dasein so zu beschreiben und zu durchleuchten, wie es ist, führte Schmidt zu einem Erzählen, das die Beschreibungen einzelner Erlebniseinheiten unverbunden hintereinander setzt.

Diese ›zweite Form‹ eines zunächst völlig neuen literarischen Verfahrens entspricht weitgehend der ersten. Beiden gemeinsam ist die Aufmerksamkeit für die isolierten Erinnerungs- und Erlebniseinheiten und eine auf sie bezogene Schreibpraxis, die in der kurzen Erzählung eine ohne weiteres einleuchtende Entsprechung hat. Neben dem ständigen Bezug auf die Erfahrungssituation des Erzählers folgt hieraus eine Art Zwang, Darstellungsweisen für die Erlebniseinheit auszuprobieren. Diese läßt sich ganz knapp, notizenhaft umreißen, wie etwa in *Brand's Haide*, sie läßt sich jedoch auch, wenn alles, was in ihr zusammenspielt, minuziös ausgefächert wird, in einer Breite beschreiben, die von Autor und Leser das Vielfache des Aufwands an Zeit fordert, als die Erlebniseinheit selbst ausfüllte. *Zettels Traum*, der mit seinen – umgerechnet – 5000 Normalseiten nur dann in etwa einem Vierteljahr ganz durchzulesen ist, wenn man das Lesen zum Hauptberuf macht, erzählt doch nur Erlebniseinheiten innerhalb eines Ablaufs von 24 Stunden, Erlebniseinheiten und Rückkopplungen zwischen Erlebniseinheiten freilich, die nicht allein bis in die speziellsten Assoziationen hinein nachgezeichnet werden, in die auch das ganze Panorama eines anderen literarischen Werks, das Edgar Allan Poes, und seine Deutung eingebracht sind.
Arno Schmidts System des Erzählens läßt bei dem allen nicht nur die ›klassischen‹ Prosabauweisen – großer Roman, Briefroman, Gespräch und Tagebuch – bestehen, es benennt auch noch weitere neue Formen, die in seiner Sicht der Möglichkeiten eines die reale Welt noch erreichenden Erzählens jene Prosabauweisen neu integrieren: es sind, wiederum einander ähnlich, der eher passiv hingenommene Traum und das aktiv ausgesponnene längere Gedankenspiel. Sie konstituieren eine »Erlebnisebene II«, die in der ausgebildeten Spielart Schmidtschen Erzählens der »Erlebnisebene I«, also der objektiven Realität von Umwelt und Zuständen des Autors, häufig unmittelbar konfrontiert ist. Schulbeispiel ist hier der Roman *Kaff auch Mare Crisium*, in dem der Erzähler mit einer Freundin einen Besuch

auf dem Dorf macht, dessen Ablauf als erste Erlebnisebene minuziös reproduziert ist, und dabei für diese Freundin ein Bild vom Leben in einer Mondkolonie nach der atomaren Zerstörung der Welt durchspielt.
Auch Schmidts umstrittene Orthographie, zu deren Rechtfertigung er schließlich, unter Berufung aufs Unterbewußte, die ebenso umstrittene Etym-Theorie entworfen hat, die Theorie von den Vor-Wörtern, von »linguistischen Grundgewebsgebilden«, auf die er mit seiner assoziativen Orthographie verweise – auch dieser Bruch mit der Dudenschen Vorstellung von der Schriftsprache fügt sich ins eigenwillige System. Es ist nun keineswegs notwendig, dieses mit all seinen Bezügen im einzelnen zu durchschauen, um die in diesem Band zusammengestellten Erzählungen Schmidts zu verstehen oder richtig zu lesen. Es sind dies, verglichen mit den ehrgeizigsten Entwürfen dieses Schriftstellers, vor allem *Kaff auch Mare Crisium* und *Zettels Traum*, verglichen mit seinen experimentellen Zielsetzungen, eher entspannte, ja manchmal leichtgewichtige Erzählungen, die sich von den gewohnten Schreibweisen kaum entfernen. Dabei schließen sie allerdings eine Beziehungsvielfalt in sich ein, die sich erst ganz vermittelt, wenn zumindest eine gewisse Vorstellung gegeben ist von ihrem Hintergrund, eben von dem System des Erzählens, das Arno Schmidt inzwischen in einem umfangreichen Œuvre konkretisiert hat.
In Frage steht in den Erzählungen vorwiegend, was Schmidt die »Erlebnisebene I« nennt – die Umwelterfahrung des Erzählers und sein Verhältnis zu ihr, der Ansatz beim alltäglichen Erleben, seine Vermittlung ins Erzählen hinein und die Beziehung jedes noch so entfernten Vorgangs, alles Gehörten, Gelesenen, Erinnerten, auf dieses Erleben. Das ist fast leichthin, ja anekdotisch ausgespielt in *Schlüsseltausch* und *Schulausflug*. Die Erzählungen *Sommermeteor* und *Er war ihm zu ähnlich* dokumentieren darüber hinaus Schmidts immer waches Interesse für bestimmte historische Spielformen des Erzählens und seine Neigung, bewährte Bauweisen auszuprobieren. Hier ist es das Gespräch als ein

Medium, das entferntere Vorgänge vielstimmig, gesellig und sozusagen auch fragend vermitteln kann; übrigens lassen sich hier auch Ansätze zum Gedankenspiel erkennen. Alle diese Erzählungen der fünfziger Jahre haben den Reiz des Skizzenbuchs. Und die Skizzen hatten Konsequenzen – das Gespräch etwa ist das Gerüst schließlich auch von *Zettels Traum*. Hier allerdings irrlichtert zunächst nur, in dieser und jener Sequenz, die Rigorosität des Anspruchs. Er ist zurückgehalten, abwartend ausgesetzt, sucht noch Ansatz und Material. *Krakatau* dann ist ein Beispiel der erkundenden dialogischen Nacherzählung, die Schmidt in seinen literarhistorischen und biographischen Dialogen zu einem analytischen Instrument von großer Effektivität ausgearbeitet hat. *Der Platz, an dem ich schreibe* führt die Fragen auf die wirkliche Situation des Schriftstellers, auf seine Arbeit am Schreibtisch zurück.

Kompakt gegriffen und spontan greifbar zeigt sich Alltagswirklichkeit in *Kühe in Halbtrauer* (1964). Zwei Vierziger bei Freizeit-Arbeit, es geht um Brennholz für das Wochenendhaus in der Heide. In dem banalen Vorwurf und seiner Mitteilung aber wird eine ganze Welt sichtbar, eine Kleinwelt um zwei Freunde, eine von ebenso simplen wie konkreten Versatzstücken und Absichten begrenzte Welt, die in Schmidts Nachzeichnung fast erschreckend plastisch wird. Und in ihrer realen Isoliertheit wird sie zum Exempel gleichsam orientierungslosen, um so unmittelbarer sich aufdrängenden Lebens. Diese Erzählung hat nichts Sondierendes, Vorläufiges mehr. Hier ist der Erzähler an einem der Zielpunkte seiner Erforschung von Wirklichkeit. Die Vergegenwärtigung einer Kette aufeinander bezogener Erlebniseinheiten schlägt um zu einem überschaubaren, diese Welt in einem festen Punkt unabweislich fixierenden Wörterbild.

Die Ebene der sichtbaren, hörbaren, tastbaren Umwelt also, die nur in Ausschnitten und vorübergehend als eindeutig erscheint, ist – mit wechselnder Intensität – in all diesen kürzeren Erzählungen das Bezugsfeld. Verweise auf Erinnerung, Ausgriffe in die Sphäre von Literatur, Gedanken, Überlieferung blitzen nur auf, obwohl sie jederzeit möglich sind. Nur *eine* Ebene in Arno Schmidts Erzählsystem, wie gesagt. Doch sie steht in einer spürbaren Spannung zu seinen anderen Ebenen und Bezugsfeldern. Sie öffnet den Zugang zu ihnen allen. Wie für Arno Schmidt die Rückbeziehung auf die eigene konkrete Lebenssituation ein unerläßliches Mittel der Orientierung als Erzähler ist, so gibt diese Rückbeziehung Schmidts Lesern einen Ausgangspunkt für Expeditionen in seine breit ausgefächerte Beschreibung der Welt, seinen schon längst kaum mehr überschaubaren und singulären Versuch, die Welt noch in Wörtern zu durchleuchten.

*Heinrich Vormweg*

# INHALT

Kühe in Halbtrauer . . . . . . . . . . . . . 3
Schlüsseltausch . . . . . . . . . . . . . . 19
Schulausflug . . . . . . . . . . . . . . . 23
Sommermeteor . . . . . . . . . . . . . . 34
Er war ihm zu ähnlich . . . . . . . . . . . 38
Krakatau . . . . . . . . . . . . . . . . 43
Der Platz, an dem ich schreibe . . . . . . . . 55

*Nachwort* . . . . . . . . . . . . . . . . 61

# Arno Schmidt

**Die Gelehrtenrepublik**
Kurzroman aus den Roßbreiten
Bd. 685

**Seelandschaft mit Pocahontas**
Erzählungen
Bd. 719

**Tina / oder über die Unsterblichkeit**
Tina / Dya Na Sore / Müller / Massenbach
Bd. 755

**Das steinerne Herz**
Roman
Bd. 802

**Sitara und der Weg dorthin**
Eine Studie über Wesen, Werk & Wirkung Karl Mays
Bd. 968

**Sommermeteor**
23 Kurzgeschichten
Bd. 1046

**KAFF auch Mare Crisium**
Bd. 1080

**Orpheus**
Fünf Erzählungen
Bd. 1133

**Nachrichten von Büchern und Menschen 1**
Zur Literatur des 18. Jahrhunderts
Bd. 1164

**Nachrichten von Büchern und Menschen 2**
Zur Literatur des 19. Jahrhunderts
Bd. 1217

**Aus dem Leben eines Fauns**
Kurzroman
Bd. 1366

**Brand's Haide**
Kurzroman
Bd. 1420

**Leviathan und Schwarze Spiegel**
Bd. 1476

**Alexander oder Was ist Wahrheit**
3 Erzählungen
Bd. 1550

**FISCHER**
TASCHENBÜCHER